D1617759

Elisabeth Zöller F.E.A.R.

Elisabeth Zöller

F.E.A.R.

Carl Hanser Verlag

*Wenn Menschen, die eine gleiche Erziehung
genossen haben wie ich, die die gleichen Worte
sprechen wie ich und gleiche Bücher, gleiche
Musik, gleiche Gemälde lieben wie ich – wenn
diese Menschen keineswegs gesichert sind
vor der Möglichkeit, Unmenschen zu werden
und Dinge zu tun, die wir den Menschen
unserer Zeit, ausgenommen die pathologischen
Einzelfälle, vorher nicht hätten zutrauen
können, woher nehme ich die Zuversicht,
dass ich davor gesichert sei?*

Max Frisch, 1946

Die wichtigsten Personen

Clara Sommerhage – *Schülerin*
Joonas Turunen – *Claras Freund*

Harald Johanson – *Landwirt in Suonenjoki*
Hanno Maturi – *Blogger, Haralds Nachbar*

Artur Kekkonen – *Kriminalkommissar in Tampere*
Seppo Grenberg – *Kriminalinspektor*

Hanna Turunen – *Finnische Ministerin, Joonas' Mutter*
Antti Lehtinen – *Büroleiter der Ministerin Turunen*
Seita Laakso – *Gastronomin in Suonenjoki*
Heikki Korhonen – *Schüler aus Turku*
Pekka Korhonen – *Marineingenieur, Heikkis Vater*
Michaela Sommerhage – *Autorin, Claras Mutter*
Martin Sommerhage – *Immobilienmakler, Claras Vater*
Lutz Wagner – *Blogger und Journalist*
Taru Ekholm – *Krankenschwester in Turku*
Tapio Aulanka – *Polizeichef in Suonenjoki*
Eriki – *Feuerwehrchef in Suonenjoki*
Aleksi – *Manager eines Erdbeerkonzerns*
Siw Korpi – *Polizistin*

Suonenjoki, Finnland – Mittwoch, 18. Juni – 00:10 Uhr
Der See liegt ganz ruhig. Es ist Mitternacht und hell. Der tief-
blaue Himmel hängt voller Sterne und ein Stück des Horizon-
tes ist blutrot. Eine unglaubliche Nacht, eine Nacht, wie Clara
sie noch nie erlebt hat. Die Sonne will nicht untergehen.
Das Sonnenlicht spiegelt sich im Fensterglas des kleinen
Sommerhäuschens. Das Haus ist das einzige auf der winzigen
Insel, die Seita Laakso gehört. Clara hat Seitas Boot, mit dem
sie vom Festland herübergekommen ist, am Steg festgemacht,
den Rucksack herausgenommen und sich leise auf die Terrasse gesetzt. Sie will Seita nicht wecken und sie ist gern allein
hier. Gestern hat sie Seita schon einmal besucht, hat ihr Vor-
räte gebracht und zusammen haben sie ein Brot gebacken.
Seita hatte sie eingeladen, auf die Insel zu kommen, wann sie
möchte.

Clara denkt an Joonas, den sie liebt und mit dem sie sich
die halbe Nacht gestritten hat. Sie lehnt sich zurück und
streicht mit der Hand über das warme Holz. Die absolute Stille unter diesem verzauberten Himmel tut ihr gut.

Plötzlich Motorenlärm, ein Boot rast pfeilschnell heran,
direkt auf die Insel zu. Claras Herz beginnt zu rasen. Sie zögert
einen Moment. Dann schnappt sie ihren Rucksack und hastet
den Hügel hinauf. Außer Atem fällt sie in das dürre Gras.
Hinter einem Felsblock versteckt sie sich. Sie sieht, wie das
Boot immer näher kommt. Sie erkennt Joonas, Hanno Maturi
und Harald Johanson. Die wohnen auf dem Hof, der Harald
Johanson gehört, am gegenüberliegenden Ufer. Eigentlich
wohnt Clara auch dort. Die drei gehören zur *Neuen Finnischen
Armee*. Die hat Joonas erfunden. Als Clara Joonas sieht, ist sie
einen Augenblick erleichtert. Doch etwas stimmt nicht. Was
machen die drei? Clara hat eine böse Vorahnung.

Der Motor wird gedrosselt. Dann ist es still. Joonas steuert das Boot an den Steg. Harald steigt von der Bordwand auf die Holzplanken und macht das Boot mit der Leine fest. Sie laden zwei rote Kanister mit Schlauch und Tragegurt aus. Dann ein Gewehr mit Zielfernrohr und zuletzt eine schwarze Sporttasche mit dem Logo des finnischen Eishockeymeisters. Hanno klettert aus dem Motorboot, macht die Leine los und gibt dem Boot mit dem Fuß einen Stoß, sodass es ein kleines Stück vom Ufer weggleitet. Joonas bleibt am Steuer stehen. Das Boot dümpelt im Wasser.

Harald und Hanno hängen sich die Kanister über die Schultern. Dann hantieren sie am Türschloss des Sommerhäuschens herum. Die Tür geht auf, Hanno betritt das Haus. Harald reicht ihm noch die Kanister, dann verschwindet Hanno im Haus. Nach ein oder zwei Minuten ist er wieder draußen und gibt mit der Hand ein Zeichen. Joonas greift nach den Rudern. Clara sieht sein Gesicht. Genau vor sieben Monaten hat sie sich in ihn verliebt ...

Harald geht jetzt ruhig zurück zum Steg, holt das Gewehr. Er fingert aus seiner Hosentasche Munition, lädt und entsichert die Waffe. Die Sporttasche legt er in Seitas Boot. Joonas rudert ein ganzes Stück vom Ufer weg und hebt winkend die Hand. Das alles wirkt so ernsthaft, dass es Clara schon beinahe komisch vorkommt. Wie in einem schlechten Film. Unheimlich.

Hanno bückt sich, hält ein Feuerzeug in der Hand. Für einen Augenblick ist alles still. Dann passiert es: Eine Feuerschlange rast zischend auf das Haus zu.

»Nein!«, schreit Clara in den ohrenbetäubenden Knall der Explosion hinein. Ein greller gelber Blitz schießt jetzt aus den Fenstern und der Türöffnung. Ein zischender Luftzug, splitterndes Glas, berstendes Holz. Fast gleichzeitig ein Schuss und noch eine Explosion. Mit einem ohrenbetäubenden Knall fliegt Seitas Boot in die Luft. Harald lässt das Gewehr sinken. Claras Herz schlägt wie wild, in ihren Ohren dröhnt es. Sie springt auf, stolpert, fällt. Ihr Kopf schlägt hart auf einen Felsblock. Danach ist alles dunkel.

Als Clara die Augen öffnet, begreift sie zunächst nichts. Ihr ganzer Körper ist wie Blei. Sengende Hitze schlägt ihr ins Gesicht. – Seita! – Flammen prasseln eingehüllt in schwarzen Qualm. Feuerwehrmänner hasten hin und her, rufen sich etwas zu, halten einen dicken Löschschlauch. Am Ufer liegen Motorboote, zwei leuchtend rote und ein Polizeiboot. Der Wasserstrahl erstickt das Feuer, hinterlässt verkohltes Holz. Ist das Seita, die auf einer Krankentrage zum Ufer transportiert wird? Clara kann ihr Stöhnen hören. – Joonas! – Wo ist er? Was hat er mit alldem hier zu tun? Bei dem Gedanken zittert Clara am ganzen Körper. Sie wagt nicht aufzustehen. Wie gebannt starrt sie auf die qualmende Hausruine und die Feuerwehrmänner.

Suonenjoki, Finnland – Mittwoch, 18. Juni – 04:42 Uhr
Clara hat sich auf dem Hügel hinter einem Felsen versteckt und beobachtet, was unten an der Brandstelle geschieht. Vor den rauchenden Trümmern stehen drei Männer. Clara erkennt nur Tapio Aulanka, den Polizeichef von Suonenjoki. Er war vor einer Woche auf den Hof von Harald Johanson gekommen und hatte sich umgesehen, die Ausweise geprüft, mit Harald geplaudert. Er hatte seinen Hund dabei, der überall seine Nase hineinsteckte.

Jetzt stochert Aulanka mit einer Eisenstange im Schutt. Der Löschtrupp ist mit seinen Booten wieder abgefahren, nur der Chef der Freiwilligen Feuerwehr und ein anderer Mann sind mit Aulanka geblieben.

»Wie hast du das Feuer überhaupt bemerkt, Aleksi?«, fragt Aulanka den Mann neben sich.

»Fast zufällig«, antwortet der. »Ich saß gerade in der Sauna, als es kurz nach Mitternacht mehrmals dumpf krachte. Ich ging hinaus und sah den dunklen Rauch über Seita Laaksos Insel. Dann habe ich die Feuerwehr gerufen, Eriki war sofort am Telefon. Als ich mich anzog, heulte schon die Sirene. Ich bin auf der Stelle in mein Boot. Wollte helfen. Doch als ich ankam, war schon alles zerstört und verwüstet. Gottlob haben Erikis Männer Seita retten können. Weißt du, wie es ihr geht, Tapio?«

»Das Krankenhaus sagt, sie hat schwere Verbrennungen. Sie liegt im künstlichen Koma. Ihr Zustand ist kritisch.«

»Die Explosion muss gewaltig gewesen sein«, meint Eriki. »Wir haben getan, was wir konnten. Doch vom Haus war nichts mehr zu retten.«

Clara weiß nicht, was sie machen soll. Ihre Stirn blutet nicht mehr, aber ihr Kopf tut weh. Schon in der Nacht hat sie mit dem Gedanken gespielt, einfach zu den Männern vom Löschtrupp zu gehen. Aber welche Geschichte hätte sie ihnen erzählen können? Die Geschichte von Harald, Hanno und Joonas, die ein Haus in die Luft jagen? Ihr Blick fällt auf ihren Rucksack. Es ist besser, wenn der nicht in falsche Hände gerät. Wenn sie diese Geschichte überstehen will, braucht sie den. Sie schiebt ihn vorsichtig zwischen zwei Felsblöcke.

Am liebsten würde sie ihn ausradieren, diesen einen Tag. Sie wünscht sich nichts sehnlicher als das. Sie möchte alles auf null stellen, Reset und Neustart. Stattdessen hockt sie auf einem Hügel im Versteck ... und hat einfach nur Angst.

Die beiden Männer scheinen es nicht eilig zu haben. Was

sie dort unten miteinander bereden, kann Clara nicht hören. Aulankas Schäferhund sitzt im Schatten einer Birke und blickt mit aufgestellten Ohren in ihre Richtung. Plötzlich gibt der Hund ein unterdrücktes Jaulen von sich. Aulanka ruft einen kurzen Befehl. Der Hund ist sofort ruhig und legt sich hin. Doch seine Augen sind weiter auf den Hügel gerichtet. Auf sie. Clara wagt kaum, sich zu rühren. Sie ist müde und erschöpft. Die halbe Nacht hat sie mit Joonas gestritten und danach ist sie abgehauen. Sie hat es einfach nicht mehr ausgehalten. Joonas veränderte sich schneller, als sie ihm folgen konnte. Jetzt denkt sie an den Streit, der eigentlich ganz dumm war. Läppisch. Ob ihr die Sonne zu Kopfe gestiegen sei, hat Joonas gefragt. Ihr dann aber über den Rücken gestreichelt. Sie hat sich geärgert über seine Bemerkung und ist abgehauen. Etwas anderes fiel ihr in dem Augenblick nicht ein. Und dann ist sie Zeuge geworden, Zeuge einer für sie unglaublichen Brandstiftung ...

Jetzt schließt sie die Augen, zieht die Knie hoch. Joonas! Ja, er geht ihr nicht aus dem Kopf. Noch kurz vor ihrem Streit hat er sie fest in den Arm genommen. Wenn er ihr nahe war, hat sie immer alles vergessen, allen Streit, alle Spannung, hat nur noch an seine Liebe geglaubt. Ja, er·ist für sie da, er wird sie nicht im Stich lassen. Das ist sicher. Er wird zu ihr zurückkommen und alles wird, wie es war.

Der Polizeichef wischt sich mit dem Unterarm über die Stirn. Vom See weht eine leichte Brise. Brandgeruch liegt wie eine Decke über der Ruine. Mit der Eisenstange schiebt Aulanka schwarz verbrannte Holzstücke beiseite, stochert in der nassen, schmierigen Asche.

»Das bringt doch nichts«, sagt Aleksi. »Was suchst du eigentlich?«

»Du hast recht. Ich habe die Brandermittler schon informiert. Was sagst du, Eriki, war das Brandstiftung?«

»Was denn sonst?«

»Jetzt ist das Maß endgültig voll!«, sagt Aleksi wütend. »Wir wissen doch alle, wer dahintersteckt. Der Johanson-Hof hätte schon längst geräumt werden müssen. Mit dieser Sache hier will ich nicht in Verbindung gebracht werden.«

»Du meinst, weil du Manager bei *Erdbeeren Suonenjoki* bist und Harald Johanson für den Erdbeerkonzern *Mansikka* arbeitet?« Eriki wird sauer.

Aulanka versucht, den aufkommenden Streit zu beschwichtigen. Er kann jetzt keinen zusätzlichen Ärger gebrauchen: »Wir sollten die offizielle Untersuchung abwarten. Wir sichern die Spuren, machen ein paar Fotos und sperren die Insel. Möglicherweise hat Harald nichts damit zu tun.«

Eriki kramt in seiner Hemdentasche nach den Zigaretten. »Natürlich hat er das. Er und die andern, die dort auf seinem Hof untergekommen sind, dieser Maturi und dieses Ministersöhnchen, Joonas Turunen. Und das deutsche Mädchen, das bei ihnen ist. Das sind doch solche Typen. Ich sage euch, ich habe es kommen sehen.«

»Was bist du nur für ein Besserwisser, Eriki. Nichts hast du kommen sehen! Aber davon mal abgesehen, Harald Johanson ist doch nicht blöd. Der lebt von den Erdbeeren, von der Landverpachtung und seiner Werkstatt. Der ist einer von uns. Der macht so etwas nicht.«

Aleksi will weiterreden, aber Eriki schneidet ihm mit einer schroffen Handbewegung das Wort ab und schnaubt verärgert. »Das war einfach nur schlampig von dir, Tapio. Du hättest besser auf die Burschen aufpassen müssen.«

»Jetzt dreh nicht gleich durch, Eriki. Wenn du einen Dummen suchst, bist du bei mir an der falschen Adresse.«

»Sag mal, wo lebst du eigentlich?«, mischt sich Aleksi ein. »Das hier ist eine Kriegserklärung, kapierst du? Wir können das nicht hinnehmen.«

»*Du* warst es doch, der für *Erdbeeren Suonenjoki* bei Harald Druck gemacht hat!«, fährt Aulanka jetzt Aleksi an. »Aber so kommen wir nicht weiter. Nicht, wenn wir uns gegenseitig die Schuld in die Schuhe schieben. Hier geht es um Seita und ihr Sommerhäuschen. Das bekommen wir schon hin. Und wenn die Burschen von selbst verschwinden, umso besser.«

»Dann wirst du also keine Fahndung herausgegeben, Tapio?« Der scharfe Ton in Erikis Stimme ist nicht zu überhören.

»Wir sollten das auf unsere Weise regeln. Ohne den ganzen Behördenapparat. Kein großes Aufsehen, kein dummes Gequatsche. Keiner sucht offiziell nach Harald Johanson, Joonas Turunen und Hanno Maturi. Kriegen wir das hin?«

»Wie willst du das denn geheim halten? Sieht das hier wie ein Unfall aus? Und Joonas Turunen ist schließlich der Sohn der Ministerin. Vergiss das nicht.«

»Es geht alles seinen Gang, reine Routine. Alles andere geht niemanden etwas an. Dass Joonas Turunen der Sohn der Ministerin ist, muss niemanden interessieren, wenn wir es nicht herumposaunen. Ich rufe in Helsinki im Ministerbüro an. Antti Lehtinen, der Büroleiter, wird sich darum kümmern.«

»Na gut«, sagt Aleksi. »Trotzdem ist es eine Katastrophe. Die Erdbeerernte ist richtig auf Touren. Da will ich so etwas nicht in der Zeitung lesen.«

»Ich muss den Bericht schreiben«, sagt Aulanka nachdenklich und sieht auf seine Uhr. »Für heute Nacht gibt es nichts mehr zu tun. Packen wir ein.«

Die Männer räumen ihre Werkzeuge zusammen und sperren die Brandstelle ab. Aulanka macht Fotos von den Trümmern.

Suonenjoki, Finnland – Mittwoch, 18. Juni – 05:17 Uhr
Der Wind frischt auf. Er weht die Anhöhe hinab und streichelt
Claras Kniekehlen. Die Birkenblätter zittern im Luftzug, die
tief herabhängenden Zweige bewegen sich. Plötzlich schlägt
der Hund an. Dann geht alles sehr schnell. Die Männer rufen
sich etwas zu. Aulanka gibt seinem Hund einen kurzen Befehl, und alle beginnen, in ihre Richtung zu laufen.
Clara springt auf und rennt los. Sie schafft es bis zum Wald-
rand. Mit rudernden Armen stürzt sie sich in das Gestrüpp.
Ihr Fuß bleibt hängen, knickt um. Sie schlägt der Länge nach
hin. Ihre Hände krallen sich in den Boden. Der knurrende
Schäferhund steht direkt vor ihr und fletscht die Zähne. Clara
windet sich. Sie tritt mit den Füßen in die Luft und versucht,
den verdammten Hund loszuwerden.
Schon sind die Männer da. Eine Stimme brüllt, pfeift den
Hund zurück. Clara will aufspringen, wegrennen, doch ein
stechender Schmerz in ihrem Bein lässt sie nach vorn fallen.
Eine kräftige Hand packt sie und drückt sie zu Boden. Sie
spürt ein Knie in ihrem Rücken und das ganze Gewicht des
Polizisten auf sich. Jetzt ist es aus. Tränen schießen ihr in
die Augen. Sie beißt die Zähne zusammen, spürt einen hölli-
schen Schmerz im Knöchel und dann nichts mehr. Vor ihren
Augen wird alles rot, danach schwarz.

Straße nach Turku, Finnland – Donnerstag, 19. Juni – 10:15 Uhr
Clara versucht erst gar nicht, die Augen aufzumachen. Sie
hat tatsächlich einen Moment geglaubt, sich an nichts erin-
nern zu können. Das fühlt sich gut an. Aber nur, wenn sie die
Augen geschlossen hält. Nur so funktioniert das Vergessen.
Es ist eine lange und öde Autofahrt von Suonenjoki nach
Turku. Clara sitzt angeschnallt in einem Liegesitz hinter dem

Fahrer. Ihr eingegipster Fuß schmerzt kaum noch. Der Arzt in Suonenjoki hatte ein besorgtes Gesicht gemacht. Dann gab es eine längere Diskussion zwischen dem Polizisten Aulanka und dem Arzt. Clara hat nicht verstanden, worum es ging, und niemand hat sich die Mühe gemacht, es ihr zu erklären. Es ist sehr warm. Das Radio läuft. Der Fahrer öffnet das Seitenfenster und hält den Arm in den Fahrtwind. Sein langes Haar flattert.

Eine junge Polizistin sitzt auf dem Beifahrersitz und starrt aus dem Fenster. Clara mag sie nicht. Die Polizistin spricht etwas Englisch, aber richtig unterhalten können sie sich nicht. Clara erfährt, dass sie Siw Korpi heißt und dass sie Clara nach Turku bringen und dort auf sie aufpassen soll. Turku findet Clara gut, weil sie Joonas dort finden kann.

Turku, das sah sein Plan vor. Doch das war vor ihrem Streit. Joonas hatte ihr eine Kontaktadresse in Turku gegeben. Für den Fall, dass sie getrennt würden, sollte Clara ihn über eine Spedition in Turku benachrichtigen. Sie dürfe Telefonnummer und Adresse nicht in ihrem Handy speichern, sondern solle sie verschlüsselt in ihrem Notizbuch verstecken. Das hatte Joonas ihr eingeschärft. Joonas und seine Geheimniskrämerei. Das Dumme ist jetzt nur, dass das Notizbuch in ihrem Rucksack auf Seitas Insel liegt.

Gegen Mittag machen sie Rast. Clara bekommt Fritten und Cola und erfährt von der Polizistin, dass sich ihre Mutter auf den Weg machen wird. Ihr wird siedend heiß und flau im Magen. Mama wird sie in ein Auto oder in ein Flugzeug verfrachten und nach Hause bringen. Das steht fest. Weg von Turku. Weg aus Finnland. Weg von Joonas. Und das ist das, was Clara unter keinen Umständen will. Trotz allem, was jetzt passiert ist.

Tampere, Finnland – Freitag, 20. Juni – 6:22 Uhr
Im Halbschlaf registriert Artur Kekkonen das tiefe Brummen seines Telefons. Die Sonne fällt auf sein Gesicht. Sie blendet ihn. Er dreht sich auf die Seite und öffnet die Augen. Dann fischt er das Telefon vom Boden und sieht auf das Display: Antti Lehtinen. Er runzelt die Stirn. Anrufe so früh am Morgen bedeuten selten etwas Gutes.

Kekkonen kennt Antti Lehtinen seit ihrer gemeinsamen Zeit als Streifenpolizisten. Antti hatte danach in der Politik Karriere gemacht, wurde Büroleiter der Ministerin Hanna Turunen. Artur Kekkonen hat dagegen einen ruhigen Posten als Schießausbilder und Dozent für Polizeitaktik an der Polizeihochschule in Tampere. Jetzt in den Ferien stehen die Gebäude leer. Morgen ist Johannus, das Mittsommerfest. Jeder vernünftige Finne ist mit seiner Familie draußen in den Wäldern, in der Natur. Ein paar Leute müssen in der Stadt bleiben, Telefonbereitschaft, in diesem Jahr hat es Kekkonen erwischt.

»Hei, Artur. Endlich. Es ist zum Verrücktwerden. Ich habe den Tisch voller Arbeit und habe jetzt obendrein ein heikles Problem am Hals.«

Antti Lehtinen kommt ohne Umwege zur Sache. Artur kennt ihn gut genug, um die Anspannung und den Druck zu spüren, unter dem Antti steht. Artur setzt sich im Bett auf, lehnt den Rücken an die Wand und hört aufmerksam zu.

»In deinem Postfach findest du alle offiziellen Informationen zu einem Brandfall in Suonenjoki. Ein Haus brannte ab. Eine Frau, die Eigentümerin, wurde lebensgefährlich verletzt. Verdacht auf Brandstiftung, möglicherweise war es sogar ein Mordversuch. Inspektor Seppo Grenberg aus Kuopio bearbeitet die Sache. Du kennst ihn?«, fragt Antti Lehtinen, doch er wartet die Antwort nicht ab, denn Artur Kekkonen kennt fast jeden Polizisten in Finnland. Das bringt seine Arbeit als Ausbilder an der Polizeihochschule mit sich. Lehtinen fährt also fort:»Tapio Aulanka vom Polizeiposten Suonenjoki hat mich informiert. Er hat an der Brandstätte eine junge Deutsche geschnappt. Clara Sommerhage, eine minderjährige Ausreißerin. Mit ihr unterwegs war Joonas Turunen, der Sohn der Ministerin. Er ist verschwunden, und wir versuchen, uns ein Bild von den Zusammenhängen zu machen. Wir wollen das Mädchen aus der Schusslinie haben, bevor die Presse Wind von der Sache bekommt und sich darauf stürzt. Wir müssen das sehr bald unter Kontrolle bringen. Unter unsere Kontrolle. Du weißt, was ich meine. Und das müsstest du übernehmen. Einen Skandal können wir uns nicht leisten.«

»Warum ich?«

»Weil du Deutsch sprichst wie kein Zweiter. Gott segne deine Großmutter Gertrud. Und weil wir dir vertrauen.«

»Und warum wirklich? Wo ist der Haken?«

»Weil du es kannst. Einen Haken gibt es nicht. Wir haben allerdings Hinweise, dass Joonas Turunen tatsächlich Kontakte hat zur rechtsradikalen Szene. Erst in Deutschland und jetzt, so sieht es aus, hier in Finnland.«

»Hinweise? Was meinst du damit?«

»Wir prüfen das noch. Die Mutter des deutschen Mädchens behauptet, der Junge sei ein Neonazi. Aber Mütter sagen viel, wenn ihnen der Freund ihrer Tochter nicht in den Kram passt. Sie ist jedenfalls unterwegs nach Finnland. Doch vorher müssen wir die Sache in unserem Sinne unter Dach und Fach haben. Für uns wird entscheidend sein, was Joonas' Freundin weiß, diese Clara Sommerhage. Und was sie sagt.«

»Die Ministerin ist seine Mutter. Was sagt die?«

»Soweit ich weiß, hatte Hanna Turunen in den vergangenen zwei Jahren kaum Kontakt zu ihrem Sohn. Aber sie wird selbst mit dir sprechen.«

»Nun gut. Du willst also ein Kindermädchen für diese deutsche Ausreißerin. Ein neugieriges Kindermädchen, das die Nase mittenhinein in diese Geschichte steckt.«

»Ja, so könnte man sagen. Du musst herausfinden, was der Ministerin schaden könnte, bevor die Spekulationen ins Kraut schießen. Du klopfst auf den Busch, und wir hoffen alle, dass keine Ratten herausspringen.«

Kekkonen hört, dass der Büroleiter sich eine Zigarette anzündet, und schweigt.

»Du sollst dich mit dem Mädchen unterhalten«, sagt Lehtinen. »Sie ist seit ungefähr einem Jahr mit Joonas zusammen. Ein junges Paar, verliebt und unzertrennlich. Wir müssen wissen, was Joonas Turunen in der letzten Zeit getrieben hat. Das Mädchen weiß das. Vor dem Hintergrund, dass Joonas der Sohn der Ministerin ist und womöglich keine astrein demokratische Gesinnung hat, ist der Fall von extremer Brisanz. Und deswegen holen wir dich.«

»Ich verstehe ...«, sagt Kekkonen. »Also gut. Wo steckt das Mädchen? Die müsste ich mir ja als Erstes vorknöpfen.«

Antti Lehtinen zögert. Dann sagt er:»Jemand hat Mist gebaut. Nicht nachgedacht. Du kennst das. Das Mädchen ist jetzt jedenfalls in Turku im Universitätskrankenhaus. Am besten bringst du sie nach Tampere, sobald das möglich ist. Wir werden es so einrichten, dass ihre Mutter sie erst in Turku sucht. So gewinnen wir ein bisschen Zeit. Und die Akademie liegt sehr abgeschieden. Wir denken, dass das Mädchen dort gut aufgehoben ist. Rede mit ihr. Ich mache dich ganz offiziell zum Sonderermittler. Du wirst mit Seppo Grenberg zusammenarbeiten. Ein fähiger Kopf. Er leitet die polizeiliche Untersuchung. Du hast freie Hand. Ich halte dir den Rücken frei. Was du herausfindest, geht direkt an mich und nur an mich.«

»Antti, in ein paar Tagen habe ich Urlaub.«

»Ich weiß, Artur. Und wir wissen deinen Einsatz zu schätzen. In drei, vier Tagen ist das vorbei. Artur, bring das unter Kontrolle.«

Artur Kekkonen steht auf, wirft die Kaffeemaschine an und fährt den Computer hoch.

Er öffnet sein Postfach und macht sich mit dem angekündigten Dossier vertraut. Ihm fällt auf, dass Joonas Turunen und Harald Johanson vor Kurzem schon einmal ins Visier der örtlichen Polizei geraten sind. Es ging um eine Schlägerei in dem Restaurant, das Seita Laakso gehört. Die Sache wurde jedoch nach der Überprüfung der Personalien nicht weiter verfolgt. Kekkonen liest den Strafregisterauszug von Harald Johanson, den er sofort mit *Aus dem Leben eines gelangweilten jungen Mannes vom Land* überschreiben könnte: Fahren ohne Führerschein, Sachbeschädigung, Widerstand gegen die Staatsgewalt. Gegen Joonas Turunen liegt offiziell nichts vor.

Ein Vermerk des finnischen Staatsschutzes lässt Kekkonen dann aber noch aufmerken: Ein gewisser Hanno Maturi ist aktenkundig als Betreiber von Webseiten und Diskussionsforen, die dem äußersten rechten Spektrum zuzuordnen sind. Er betreibt einen Versandhandel und organisiert Festivals. Als gewaltbereit gilt er nicht. Maturi trat aber gelegentlich als Redner auf Veranstaltungen auf, bei denen es im Anschluss zu Schlägereien und ausländerfeindlicher Hetze kam. Keine Vorstrafen.

Danach ist das Dossier schon zu Ende. Alles halb so wild, denkt Kekkonen. Er wird wegen etlicher Fragen bei den Kollegen vor Ort vorstellig werden müssen. Aber jetzt muss er nach Turku.

Krankenhaus in Turku, etwa zur gleichen Zeit

Clara Sommerhage schläft nicht, ist aber auch nicht wirklich wach. Ihre Gedanken kreisen, und von Weitem hört sie Stimmen, die sich mit den Geräuschen des Krankenhauses mischen. Dann wieder tastet sie sich träumend durch einen dunklen, schmalen Gang. Tag und Nacht sind gleich. Alles ist in Bewegung, schrumpft und wächst ohne Ende. Ihr ist schwindelig, sie weiß nicht mehr richtig, was war und was nicht war.

Sie könnte auch so tun, als hätte sie alles vergessen. Der Gedanke kommt ihr plötzlich. Aber das kann sie nicht lange durchhalten. *Joonas* ist ihr einziger Gedanke.

Ein Arzt hat ihr heute Morgen die CT-Scans ihres Kopfes gezeigt. »Eine Gehirnerschütterung«, hat er gesagt, »sonst ist alles in Ordnung.«

Der Doktor hat keine Ahnung. Nichts ist in Ordnung. Immerhin ist es gut zu wissen, dass er in ihren Kopf schauen konnte und trotzdem nichts weiß und nichts gesehen hat.

Sie schließt einfach die Augen. Schon ist sie weg. Clara lässt ihre Gedanken auf Reisen gehen. Gestern war sie noch glücklich mit Joonas. Gut, es gab immer mehr Streitereien. Aber sie konnte auch schnell vergessen. Sie träumt von Joonas. Sie denkt daran, wie zärtlich er war, als sie noch nicht in diesem Land waren, wo die Sonne nicht untergehen will. Sie muss sich zwingen, einen klaren Gedanken zu fassen. Sie darf sich nicht ablenken lassen. Das hat Joonas auch immer gesagt, dass die Hauptsache der Plan ist. Und dass man den Plan durchzieht, rational und konsequent. Joonas hat geschworen, dass er sie nie im Stich lässt, dass er sie holt. Immer und von überall her.

Wenn sie die Augen schließt, hört sie Joonas' Stimme, spürt seinen Atem am Ohr und auf der Brust ... Sie dämmert weg, taucht in die tiefe Dunkelheit und gleitet hinüber in einen andern Traum. Dann ist es still.

22

Sie ist in einem Raum und sie ist nicht allein. Sie wird wach und schwitzt, hat ein unablässiges Raunen und Murmeln, ein dichtes Stimmengewirr im Ohr. Dann setzt sich jemand an ihr Bett und hält ihre Hand. Auf dem Nachttisch brennt eine Lampe. Sie spürt die klare Luft, die durch das geöffnete Fenster hereinströmt. Sie spürt die Wärme der Hand.

Turku, Finnland – Freitag, 20. Juni – 14:25 Uhr
Artur Kekkonen hebt den Kopf. Das Mädchen liegt im Bett und bewegt sich kaum. Ihre geschlossenen Augenlider flattern. Ein Mundwinkel zuckt. Unter der Sonnenbräune liegt das Gesicht bleich und gläsern da. Das ist sie, denkt er. Die Ausreißerin aus Deutschland.

Er steht auf, faltet die Zeitung zusammen, legt sie auf den Stuhl. Einen Moment verharrt er unschlüssig am Fenster, sieht hinaus in die strahlende Sonne über der Stadt und lauscht einer Polizeisirene, die der Universitätsklinik immer näher kommt. Er überlegt, ob er ein paar Worte zu dem Jungen sagen soll, der an Claras Bett sitzt, ihre Hand hält.

Der Junge dreht sich um. Artur macht ein Zeichen mit der Hand. Er soll bei ihr bleiben. Er nickt ihm aufmunternd zu.

Turku, Finnland – Freitag, 20. Juni – 14:30 Uhr
Artur schließt leise die Tür. Auf dem Flur sucht er ein Fenster, das sich öffnen lässt. Er braucht frische Luft. Er hört Personen, die miteinander sprechen und dann lachen. Artur möchte mitlachen, wenn da nicht die Kopfschmerzen wären. Sie haben sich zu einem Migräneanfall ausgewachsen. Kekkonen spürt ein Stechen im Magen. Die Übelkeit und der pochende Schmerz hinter seinem linken Auge machen ihn immer ge-

räuschempfindlich. Schon das Quietschen seiner Schuhsohlen auf dem PVC-Boden ist ihm zu viel.

Kekkonen öffnet die angelehnte Tür zum Schwesternzimmer und räuspert sich. Taru Ekholm, die diensthabende Stationsschwester, blickt auf. Sie weiß, warum er hier ist.

»Wer ist der Junge, der bei Clara Sommerhage sitzt?«, fragt er und macht eine Bewegung mit dem Kopf in Richtung Krankenzimmer.

»Heikki Korhonen«, antwortet sie. »Er brummt ein paar Sozialstunden ab.«

»Was hat er verbrochen?«

»Verbrochen? Das hört sich so böse an. Er fährt manchmal die Autos anderer Leute.«

»Können wir den Autodieb mit der Brandstifterin alleine lassen?«

»Na, hör mal. Ich verbürge mich für Heikki. Wir sind Nachbarn in Port Arthur, einem Viertel unten am Hafen.«

Artur zuckt mit den Schultern.

»Du bist nicht von hier? Es ist nett in Port Arthur. Heikkis Vater fährt zur See. Eine Mutter hat er nicht mehr. Ich kümmere mich ein wenig um den Jungen.«

Artur Kekkonen gähnt verstohlen. »Entschuldige, Taru.«

»Lass nur. Du hast ja recht. Du bist der Polizist. Ich bin die Krankenschwester. Du verschonst mich mit deinen Problemen, ich verschone dich mit meinen.«

Artur nickt.

»Sag mal, ist sie denn überhaupt eine Brandstifterin?«, fragt sie direkt.

Kekkonen hebt die Augenbrauen. Dass er zurzeit nicht im aktiven Ermittlungsdienst arbeitet, kann die Krankenschwester nicht wissen. Für sie ist er der Kommissar. Er lässt es dabei.

»Keine Ahnung«, sagt er. »Es steht alles in der Zeitung. Hast du es nicht gelesen?«

»Nein. Und in der Zeitung steht nie alles.« Sie lächelt.

»Wir haben noch nicht viel. Wir sind ganz am Anfang. Was meinst du, wann wird sie ansprechbar sein?«

»Ernsthaft verletzt ist sie nicht. Der Fuß ist geschwollen. Das ist schmerzhaft und sie muss das Bein ruhighalten. Sie hat blaue Flecken und ein paar Schrammen. Warum müsst ihr auch so hart zupacken? Sie ist ein Mädchen.«

»Die Kollegen in Suonenjoki hatten ihre Gründe. Nehme ich an.«

Die Krankenschwester bewegt langsam den Kopf hin und her. Dann sieht sie Artur Kekkonen ins Gesicht: »Clara kann nicht erzählen, was passiert ist. Sie erinnert sich nicht. Ihr Zustand hat sich gestern plötzlich verschlechtert. Aber das ist normal. Wenn sich die Aufregung legt und der Körper zur Ruhe kommt, klappen die meisten zusammen. Wir lassen sie schlafen. Das ist das Beste. Und Heikki passt auf.«

»Dieser kurzzeitige Gedächtnisverlust, bessert sich der nach einiger Zeit? Ich hätte da noch ein paar Fragen, die Clara beantworten muss.«

»Frag einen Neurologen. Es gibt einen Begriff dafür, transiente globale Amnesie. Sie kann sich an alles erinnern, was *vor* dem Vorfall geschah. Alles andere ist weg.«

Die Krankenschwester erzählt von dem Eindruck, den Clara bei ihrer Einlieferung machte, dass sie eingeschüchtert, beinahe verängstigt wirkte.

»Ich schiebe das nicht nur auf die rüden Methoden der finnischen Polizei«, sagt sie. »Ich glaube, da ist eher etwas anderes dahinter.«

Artur nimmt den bissigen Kommentar über die Methoden der Polizei gleichmütig hin, zuckt die Achseln und überlegt.

»Ich bin Polizist. Mich interessieren die Fakten. Die sind entscheidend. Erinnerungen sind irrelevant, wenn man Fakten hat.«

»So hat jeder seine Methoden. Eigentlich können wir mit ihrem Zustand zufrieden sein.«

»Was meinst du? Kann diese Brandgeschichte so eine Amnesie auslösen?«, fragt Kekkonen.

»Ja, auf jeden Fall. Worauf willst du hinaus?«

»Sie ist unsere Hauptverdächtige. Sie war alleine auf der Insel. Im Affekt ist das Haus nicht angesteckt worden. Das war Absicht, das war geplant. Wir haben Spuren von Brandbeschleuniger gefunden, planvoll und zielgerichtet eingesetzt.«

»Vielleicht war sie nur dabei. Sieh mal, der Auslöser für eine Amnesie ist oft ein Schock. Oder Alkohol. Das Ergebnis ist ein Filmriss.«

»Aber man kann es auch vortäuschen, oder?«, fragt Kekkonen.

»Dazu müsste man verdammt gut schauspielern können«, antwortet die Krankenschwester.

Turku, Finnland – Freitag, 20. Juni – 15:00 Uhr
Auf dem Weg zum Parkplatz des Krankenhauses begegnet Kekkonen dem jungen Inspektor Seppo Grenberg. Die beiden begrüßen sich.

»Das Ministerium hat mich informiert«, sagt Grenberg. »Antti Lehtinen macht ordentlich Druck. Joonas Turunen ist offenbar verschwunden. Wir müssen so bald wie möglich mit dem Mädchen sprechen.«

Kekkonen nickt. »Lass uns das Mädchen nach Tampere bringen, Seppo. Wir können sie im Gästehaus in der Hochschule unterbringen. Da sind wir unter uns. Kümmerst du dich bitte darum? Und bring den Jungen mit, diesen Heikki.

Der tut ihr scheinbar gut. Ich fahre nach Tampere und bereite alles vor. Ich brauche noch ein paar Informationen.« Grenberg macht sich auf den Weg zu Claras Krankenzimmer und Artur Kekkonen steigt in sein Auto.

Turku, Finnland – Freitag, 20. Juni – 17:20 Uhr
Der Inspektor hat es ihr erklärt. Es hört sich ganz einfach an, ein Deal, ein Angebot. Sie ist eine wichtige Informantin. Grenberg will sie nach Tampere bringen. Wenn sie der Polizei hilft und ein paar Fragen beantwortet, wirkt sich das günstig für sie aus. Vielleicht ist die Brandstiftung dann kein Problem mehr. So hat sie es verstanden.

Claras Kopf schmerzt, der Schwindel kommt in Schüben. Immer wieder. Im Fuß pocht ein dumpfer Schmerz. Sie liegt im Bett und lässt den Blick hinauf zur Zimmerdecke wandern, dann zum Fenster und zum Stuhl, auf dem der Junge sitzt und die Ohren spitzt. Ihre Augen bleiben an ihm kleben, und sie spürt, dass ihn das verlegen macht. Er dreht den Kopf zur Seite und Clara muss lächeln.

Heikki kommt mit nach Tampere, wird bei ihr bleiben. Das ist ihre Bedingung. Ohne Heikki hat sie das Gefühl, in einer Falle zu sitzen.

Siw Korpi wird auch dabei sein. Darauf hat Grenberg bestanden. Er ist der Polizist, der die Ermittlungen leitet. Ihr ärgster, schlimmster Feind. Sie darf Joonas nicht verraten. Auch nicht unter schlimmem Druck. Sie hat doch alles gesehen. Die Bilder schwirren durch ihren Kopf. Manchmal bekommt sie keine Ordnung hinein. Aber sie darf nichts verraten. Außerdem hat Joonas ja nur das Boot gesteuert.

Seppo Grenberg räuspert sich und auf einmal fühlt Clara sich nicht mehr wohl in ihrer Haut.

Port Arthur, Turku – Freitag, 20. Juni – 19:30 Uhr
Heikki Korhonen schließt die Wohnungstür auf und horcht in den kleinen Flur. Im Badezimmer tröpfelt die Dusche. Leise Radiomusik kommt aus der Küche. Im Wohnzimmer sitzt sein Vater Pekka auf dem Sofa. Heikki lächelt. Sein Vater fährt als Ingenieur auf einer der großen Ostseefähren und bemüht sich, hin und wieder zu Hause zu sein.

»Hei, Pekka«, grüßt Heikki.

»Hei, Kleiner«, erwidert sein Vater und grinst breit. »Wie geht es dir? Du kommst spät nach Hause.«

»Ich war heute länger im Krankenhaus, hab noch ein paar Extrastunden gemacht. War ziemlich heftig.«

Clara geht ihm nicht aus dem Kopf. Er will seinem Vater davon erzählen und lässt sich neben ihn aufs Sofa fallen.

Pekka Korhonen streicht Heikki über die struppigen blonden Haare. »Ich mache uns Abendessen. Was meinst du?«

»Hast du was mitgebracht? Ich konnte nicht einkaufen. Ich bin pleite.«

»Jaja, wie üblich.« Sein Vater geht in die Küche. »Magst du Eier, Toast und Kaffee?«

»Ja, klasse. Gibt es auch Speck? Ich habe nicht viel Zeit. Die Polizei holt mich gleich wieder ab.«

In der Küche ist es plötzlich still. Dann ruft sein Vater: »Jetzt sag nicht, dass die Polizei dich wieder erwischt hat!«

»Nein, nein«, beeilt sich Heikki zu sagen, »ich bin brav, habe meine Lektion gelernt.«

Heikki seufzt. Er vermisst das Herumstreifen im Auto, am liebsten in der Nacht, wenn kaum Verkehr ist. Die Musik aus dem Radio. Einfach fahren. Dahin, wo am Horizont die Nacht heller wird. Anhalten. Dann irgendwo flach auf dem Rücken im Wagen liegen und im Fensterausschnitt den Himmel sehen und keinen Gedanken an morgen verschwenden.

Das ziellose Herumfahren ist das, was ihm wirklich Spaß macht.

»Es geht um ein Mädchen und ein paar Jungs, die verschwunden sind. Keine Ahnung, was daran so wichtig ist. Polizeikram. Aber ich soll mit. Ich bin nämlich ein Experte im Händchenhalten. Es dauert nicht lange, ein paar Tage vielleicht. Das hat der Polizist mir versprochen. Und für mich springt auch etwas dabei heraus.«

»Du versprichst mir, dass du dich meldest, Heikki. Nicht, dass ich mir Sorgen machen muss.«

Suonenjoki, Finnland – Freitag, 20. Juni – 21:15 Uhr

Tapio Aulanka war in den letzten Tagen ein schlecht gelaunter Polizist. Das hängt damit zusammen, dass er vor Arbeit kaum aus seiner Uniform kommt. Manchmal versucht er nachts in seinem Büro auf einer Campingliege ein Nickerchen zu machen. Dann wartet er auf den Schlaf, ist hundemüde. Der Schlaf kommt aber nicht. Er versucht dann, Radio zu hören, oder wandert durch die Diensträume. Manchmal sitzt er am Schreibtisch und schreibt an einem Unfallbericht. Oder an einer Anzeige. Kleinkram. In Suonenjoki gibt es keine schweren Verbrechen. Was zurzeit in seinem Distrikt passiert, kommt auch vor, wenn keine Pflückzeit in Suonenjoki ist, aber jetzt zur Ernte nimmt es überhand. Raufereien, Diebstähle, Trunkenheitsfahrten. Verkehrsunfälle, Wilderei.

Und jetzt die Brandstiftung. In seinen Augen sind die meisten Jugendlichen Dummköpfe, die gefährliche Sachen machen. Sie sind genau in dem Alter, in dem die Dummheit dazugehört wie Drogen, Alkohol und Mädchen. Manchmal alles gleichzeitig. Er kann ein Lied davon singen.

Aulanka ist ein korpulenter, großgewachsener Fünfzigjähriger, mit sonnengegerbter Hautfarbe, dichtem, dunklem, gewelltem Haar und blauen Augen. Einer, der seinen Beruf liebt, wenn nicht gerade Sommer und Erntezeit in Suonenjoki ist. Da ist zu viel los. Aulanka regelt die Dinge. Das wird er auch diesmal tun. Die Aussicht, das Ganze verschleiern zu müssen, macht ihn wütend und unendlich müde zugleich. Dass er die Burschen nicht geschnappt hat und wohl auch keine Aussicht besteht, dass sie ihm noch einmal über den Weg laufen, macht ihn nur noch wütender. Die Löscharbeiten gestern Nacht, das sinnlose Gespräch mit den Managern vom Erdbeerkonzern *Mansikka*, das unerfreuliche Telefonat mit Antti Lehtinen vom Ministerium, das Ganze hat ihn erschöpft. Er hat keine Lust, mit Artur Kekkonen zu reden.

Aulanka steigt aus dem Auto, das sich anhebt, als er es von seinem Gewicht befreit. Wohin er auch kommt, immer verbreitet er den Eindruck von enormer Zuverlässigkeit. Die Menschen haben Respekt vor ihm. Er lässt den Wagen im Leerlauf tuckern. Artur Kekkonen wartet an seinem Auto und streckt ihm die Hand entgegen. Aulanka muss grinsen, weil Kekkonen wie ein Stadtmensch gekleidet ist. Jackett, Hemd, helle Hose, glänzende Lederschuhe. Wenigstens biedert der sich nicht an und verkleidet sich nicht, denkt er, wie diese Städter, die in Anorak und Wanderstiefeln daherkommen und dann meinen, sie seien von Einheimischen nicht zu unterscheiden.

»Hallo. Wie geht's? Schön, dass du Zeit hast«, beginnt Artur.

»Wir nehmen meinen Wagen«, sagte Aulanka. »Ich setze dich nachher wieder hier ab.«

Im Wagen wissen beide nicht, was sie reden sollen. Auf den ersten Blick ist Tapio Aulanka genau der Typ Polizist, den Artur gerne in seiner Nähe hat, wenn es brenzlig wird. Einer, der sein Handwerk versteht und mit dem man Pferde stehlen kann. Selbstsicher, erfahren, ruhig. Die Wortkargheit gehört dazu. Tapio würde nie von sich erzählen. Nichts Persönliches preisgeben.

Dann redet Tapio aber doch. »Wir brauchen zwanzig Minuten bis zum Johanson-Hof. Wenn du etwas wissen willst, frag jetzt.«

»Wie geht es Seita Laakso, der Verletzten?«

»Noch immer unverändert. Und das Mädchen, wie steht es um sie? Ich habe gehört, es geht ihr wieder so einigermaßen. Mein Hund hat ihr ganz schön zugesetzt. Und dann ist sie auch noch umgeknickt. Aber das steht ja alles im Festnahmeprotokoll.«

»Das Bein kommt schon wieder in Ordnung. Sie beschwert sich nicht, ist überhaupt sehr schweigsam.«

»Wir haben ihren Rucksack gefunden. Ich habe ihn mitgebracht, du kannst ihn mitnehmen. Hat das Mädchen inzwischen denn geredet?«

»Sie sagt, sie kann sich an nichts erinnern. Auf jeden Fall nicht an das, was auf der Insel passiert ist.«

»Ist das glaubwürdig?«

»Schwer zu sagen. Sie wird gerade verlegt. Ich lasse sie nach Tampere bringen. Ich nehme an, du bist informiert?«

»Ja. Ich hatte Antti Lehtinen am Telefon.«

»Hast du von dem Jungen gewusst, von Joonas Turunen?«

»Es gab da eine Geschichte, in die er verwickelt war. Wir haben seine Personalien überprüft, waren auf dem Hof. Da ist uns sein Name sofort aufgefallen. Aber ernsthaft interessiert hat es uns nicht. Der Junge wirkte wie ein ziemlicher Wichtigtuer. Er hatte das Sagen auf dem Hof. Selbst Harald tat, was er ihm sagte.«

»Hast du irgendeine Ahnung, was Joonas Turunen und das Mädchen auf dem Johanson-Hof getrieben haben?«

»Sicher. Turunen und das Mädchen kamen im April. Um diese Zeit fallen neue Gesichter hier auf. Dann hat Harald angefangen, auf seinem Hof Holzhäuser aufzustellen. Das hat nicht jedem gepasst. Zeitweise trieben sich eine Menge Leute auf dem Grundstück herum. Abends saßen sie im *Ravintola*. Seita hat das Geschäft ihres Lebens gemacht. Die Erdbeersaison hatte noch lange nicht begonnen und da ist hier eigentlich nichts los. Nicht wie in den Sommermonaten, wenn Scharen von Erntehelfern auf den Feldern sind. Und die geben auch nicht viel Geld aus bei dem Hungerlohn, für den sie den ganzen Tag schuften.«

»Hat sich jemand über die neuen Hütten auf dem Johanson-Hof beschwert?«

»Viele im Ort haben sich aufgeregt. Anfangs dachten sie, dass Harald neue Unterkünfte für Erntehelfer baut. Aber dann kamen immer mehr von diesen ›Rechten‹ und zogen dort ein. Schmierereien mit ausländerfeindlichen Sprüchen tauchten auf. Es gab Anzeichen von Rassismus. *Mansikka* mit seiner Erdbeerplantage, die ja direkt an den Johanson-Hof stößt, fürchtete, die Pflücker könnten ausbleiben. Die ganze Region Suonenjoki lebt von den Beeren, *Mansikka* ist auf ausländische Pflücker angewiesen.«

»Und was hat der Vorfall in Seitas Restaurant damit zu tun?«

»Harald Johanson und Joonas Turunen haben bei der Schlägerei lautstark gepöbelt. Rassistische Sprüche. Seita hat uns gerufen, weil sie sich nicht mehr zu helfen wusste. Anzeige wurde nicht erstattet. Aber die Erdbeerbarone machen Druck. Es gab keine offizielle Erlaubnis für die Holzhäuser. Wenn die weg sind, kommen auch die Rechten nicht mehr, meinen sie. Harald soll gezwungen werden, sie abzureißen.«

»Hat er bisher offensichtlich nicht gemacht und denkt

wohl auch nicht dran«, meint Kekkonen beim Blick auf den Johanson-Hof, auf den sie gerade einbiegen.

»Wie auch, wenn keiner da ist?«, sagt Aulanka, als er sich auf dem Hof umschaut. Er klopft an die Haustür. Auf dem gesamten Grundstück ist niemand zu sehen. »Alle sind weg. Verstecken sich sicher in den Wäldern.«

»Ich mache Fotos, dann bin ich hier fertig. Danke für deine Mitarbeit, Tapio. Heute Abend fahre ich zurück nach Tampere.«

Tampere, Finnland – Samstag, 21. Juni – 08:15 Uhr
Morgens fährt Artur Kekkonen fast immer an einen See vor der Stadt, um zu schwimmen. Auch heute braucht er Abstand und einen klaren Kopf. Sein Ausflug nach Suonenjoki sollte alles einfacher und übersichtlicher machen. Es ist aber komplizierter geworden. Und zwar durch diese neue Information: die Rechten auf dem Johanson-Hof. Es könnte schwierig werden, den Ministersohn aus dem Ganzen herauszuhalten.

Er atmet die warme Luft ein, die Tageshitze breitet sich langsam aus. Das ist ein Sommer, wie er ihn liebt, und die Belohnung für einen langen, dunklen Winter. Es gefällt ihm, auf dem Rücken liegend im Wasser zu treiben und sich dabei Dinge durch den Kopf gehen zu lassen. Dabei wirkt dann alles so leicht. Er taucht tief, bis die Luft knapp wird. Er schnellt aus dem Wasser hoch an das Sonnenlicht und schnappt gierig nach Luft.

Später sitzt er nass im Gras und starrt auf das Display seines Handys. Er wählt und sagt: »Ich bin es, Artur Kekkonen. Guten Morgen, Frau Ministerin.«

»Guten Morgen, Artur.« Hanna Turunens Stimme klingt nicht überrascht.

»Wir sollten keine Zeit verlieren und gleich zur Sache kommen.«

»Einverstanden. Obwohl das eine merkwürdige Wortwahl ist. Die Sache. Immerhin geht es um Joonas, meinen Sohn.«

»Ja. Du musst entschuldigen. Nimm es nicht persönlich. Solange ich nichts weiß, halte ich mich gerne im Ungefähren auf.«

»Schon gut. Ich mache mir Sorgen und ich bin da etwas empfindlich. Mir gehen tausend Gedanken durch den Kopf.«

Kekkonen wartet ab.

»Ich möchte dir danken, Artur, dass du dich kümmerst. Für das Ministerium und für mich steht viel auf dem Spiel.«

»Es liegt nichts gegen deinen Sohn vor. Joonas ist verschwunden, das ist alles. Es sei denn, du hast mehr Informationen als ich.«

»Schön, dass du mich beruhigen willst. Aber so einfach liegen die Dinge leider nicht.«

»Dann lass mich direkt fragen: Was ist dran an der Geschichte von den radikalen Rechten, mit denen Joonas die Wälder unsicher macht? Darum geht es doch.«

»Eben das kann ich dir nicht sagen. Ich kann mir das überhaupt nicht vorstellen. Das passt nicht zu Joonas, nicht in meinen Augen. Aber wir müssen diese Möglichkeit in Betracht ziehen. Verstehst du? Ich muss darauf vorbereitet sein.«

Eine Pause entsteht, und Artur Kekkonen geht, das Telefon am Ohr, zu seinem Fahrrad, streift mit einer Hand die Kleidungsstücke vom Gepäckträger.

»Artur. Was ist mit dem Mädchen, das du befragst? Was sagt sie? Was weiß sie?«

»Ich habe noch nicht mit ihr sprechen können. Sie wird gerade nach Tampere in die Polizeiakademie gebracht. Wir haben dort Ärzte, Psychologen, ein nettes Zimmer und viel

Ruhe. Grenberg wird mit ihr sprechen. Wäre ideal, wenn sie freiwillig mitmachte. Es kann sein, dass sie eine Gedächtnislücke hat. Dann braucht sie Ruhe und Betreuung. Wir lassen sie einfach machen und ich werde mit ihr reden. Auch wegen des Brandes. Der ist heikel, offensichtliche Brandstiftung. Und danach ist dein Sohn untergetaucht mit den andern. Das ist schon verdächtig. Hanna, ich muss dich jetzt ganz direkt fragen. Claras Mutter hält Joonas für einen Rechtsradikalen. Was ist deine Meinung?«

Die Ministerin holt tief Luft, bevor sie antwortet.»Die Frau lenkt ab und wirft sich schützend vor ihre Tochter. Das ist ihr gutes Recht. Wer will schon in seinem eigenen Kind einen Rechtsextremen sehen? Und wenn Joonas einer wäre – für die Presse wäre das ein gefundenes Fressen. Ich sehe schon die Schlagzeilen. Wir müssen verhindern, dass das an die große Glocke gehängt wird. Das kann doch auch nicht im Interesse dieser Frau sein, dass diese Sache in der Öffentlichkeit breitgetreten wird. Das will doch keiner der Beteiligten, nur vielleicht die Öffentlichkeit.« Sie lacht rau auf.

»Das sehe ich auch so. Frau Sommerhage verhält sich bisher kooperativ. Ich habe mit ihr telefoniert, sie ist noch in Turku. Sie hat aber eingewilligt, dass ich mit Clara spreche. Du musst mir allerdings helfen. Ich brauche Anhaltspunkte. Es geht um die vergangenen zwei Jahre. Wo hat Joonas sich aufgehalten? Meine Frage ist, ob du ihn für einen Rechtsradikalen hältst. Ob das möglich sein könnte, auch wenn du es nicht mitbekommen hast, weil du in letzter Zeit sehr beschäftigt warst.«

»Ich war bei der Europäischen Union tätig und Joonas war im Internat und machte seinen Abschluss. Er war ein guter Schüler. Joonas hat eine Klasse übersprungen, und ich glaubte, er wollte sofort studieren. Mit seinem Abschluss – und auch mit meinen Beziehungen – hat er so viele Möglichkeiten. Aber Joonas wollte sich erst mal umsehen, wollte eine Auszeit, bis er wisse, was er mit seinem Leben anfangen will. Eigentlich passte das nicht zu ihm. Joonas ist zielstrebig, ehrgeizig. Immer gewesen. Gut, dachte ich, das ist jetzt eine Phase. Die ist schnell vorbei. Und Nachdenken hat noch niemandem geschadet. Oder? Dass daraus zwei Jahre würden, hätte ich nicht gedacht.«

»Hat er dich um Rat gefragt? Hat er mit dir über sich und seine Pläne gesprochen? Vielleicht sogar über seine Kontakte?«

»Nein, nicht wirklich. Bis dahin war ihm alles gelungen, wenn er es nur wollte und sich seiner Sache sicher war. Und so wird es auch weitergehen, trotz dieser Auszeit, da bin ich mir sicher. Wir waren über Weihnachten zusammen in Helsinki. Es war alles in Ordnung mit ihm. Er war fröhlich, ausgeglichen, und es gefiel ihm, wie er in Deutschland lebte. Er war verliebt in dieses Mädchen und ich habe mich für ihn gefreut. Joonas hat sich gefangen, dachte ich. Er fühlte sich frei, unbeschwert. Das war mein Eindruck. Er blickte nach vorne. Wie Jungs in dem Alter so sind, wenn sie Selbstbewusstsein haben. Ehe man sichs versieht, sind sie erwachsen geworden. Das kennen fast alle Eltern. Mehr gibt es nicht zu sagen. Außer vielleicht, dass ich mir wünsche, dass diese Geschichte gut ausgeht. Du redest mit Clara Sommerhage, und ich versuche, Joonas zu finden.«

Sie seufzt. »Eines muss ich dir noch sagen, Artur. Joonas hat sich treiben lassen in jener Phase der Orientierung. Wenn er während der Autofahrten schläfrig wurde, hat er sich auf dem Rücksitz zusammengerollt und geschlafen. Wenn er wieder wach wurde, manchmal erst nach Stunden, erfasste ihn regelmäßig Panik. Sekundenlang. Wie eine Katze in einem Sack fühlte er sich. So hat er das mal beschrieben. Wer bin ich?, fragte er sich. Ich glaube jetzt, dass das leichte Anflüge von Depression waren. Aber das ist nur eine Vermutung. Auf jeden Fall war er orientierungslos.

Ich habe mir Sorgen gemacht, natürlich, aber ich habe mir auch gesagt, dass das eine ganz normale Phase ist. Das ist so bei vielen Jugendlichen, wenn sie ihren Schulabschluss in der Tasche haben und nun entscheiden müssen, was sie aus ihrem Leben machen wollen.«

Wieder macht sie eine Pause, bis Artur sagt:»Ich höre zu.«

»Bin ich jetzt eine schlechte Mutter, Artur? Weil ich Joonas in jener Phase nicht zu einem Psychologen geschleppt habe? Weil ich ihm Zeit ließ? Artur, glaubst du, ich habe mich nicht genug um Joonas gekümmert?«

Tampere, Finnland – Samstag, 21. Juni – 15:30 Uhr

Artur Kekkonen betritt schwungvoll den hellen Raum. Er denkt an Kaffee, rabenschwarz und heiß. In ein paar Minuten wird er zum ersten Mal mit Clara Sommerhage sprechen.

Er schlägt das Notizbüchlein aus dem Rucksack auf und blättert darin. Die Kollegen aus Suonenjoki haben Claras Rucksack herschicken lassen, nachdem sie ihn in der Nähe der Brandstelle gefunden hatten, offenbar notdürftig versteckt. Das Büchlein ist dünn und schmal und passt in eine Hemdtasche. Es gibt Monate und Tage an und hat Seiten für Adressen, Termine und Notizen. Kein Mensch benutzt heute so etwas, denkt Artur. Er überlegt, warum man ein Notizbuch benutzt, wenn man ein Handy hat. Die Eintragungen sind überwiegend kryptisch. Herzen, Sternchen, Kreise, Pluszeichen, Smileys. Kringel, alle möglichen Kringel. An manchen Tagen sind einfach nur Buchstaben oder Zahlen eingetragen. Dann Kombinationen von Zahlen, möglicherweise Handynummern. Andere Zahlen sind offensichtlich Uhrzeiten.

Chiffren einer Erinnerung, die er nicht teilt. Artur schüttelt den Kopf, legt das Notizbuch auf den Tisch und schiebt es mit einer raschen Handbewegung beiseite.

Gut möglich, dass die Notizen verschlüsselt sind. Oder dass sie Wichtigkeit vorgaukeln sollen. Ein Fake. Ein Schwindel. Eine Ablenkung.

Aber das würde bedeuten, es ist alles geplant. Von wem? Von Clara? Einem siebzehnjährigen Mädchen?

»Das ist zu verrückt«, sagt er halblaut zu sich. Gleichzeitig beschleicht ihn Misstrauen. Er muss in alle Richtungen denken. Artur ist auf Claras Erklärung gespannt und er ist verwundert über sich selbst. Diese verrückte Geschichte beginnt ihn zu interessieren.

Artur Kekkonen faltet die Hände auf der Tischplatte und wartet.

Die Tür öffnet sich und die Polizistin Siw Korpi rollt Clara in ihrem Rollstuhl herein. Die schaut ängstlich um sich.

Er wartet eine Weile. »Hei, Clara, ich bin Artur Kekkonen«, sagt er schließlich munter. »Wir haben uns in Turku im Krankenhaus gesehen. Erinnerst du dich?«

Sie schaut ihn an, sagt nichts.

»Nein? Du hast geschlafen, glaube ich.«

Clara antwortet nicht, blickt ihn nicht einmal an.

»Du siehst schon viel besser aus. Geht es dir gut? Man hat dir gesagt, dass deine Mutter bald hier sein wird, nicht wahr? Es gab wohl Probleme mit der Zugverbindung. In der Zwischenzeit können wir beide uns noch etwas unterhalten.«

Tampere, Finnland – Samstag, 21. Juni – 15:38 Uhr
Schon wenig später ist Artur Kekkonens Laune auf einem
Tiefpunkt angelangt. Kopfschütteln kann diese Deutsche, das
muss er ihr lassen.

Eigentlich ist es ganz einfach. Er schnappt sich das stumme Mädchen, wie man einen jungen, ungezogenen Hund
packt, schüttelt sie und staucht sie kräftig zusammen. Dann
wird sie schon reden. Aber das hat auch Tapio Aulanka in
Suonenjoki versucht. Und zwar ohne Erfolg. Jetzt hilft nur
noch Geduld. Artur Kekkonen lässt sich seinen Unmut nicht
anmerken.

»Magst du einen Kaffee? – Nein. Etwas anderes? – Nichts?«

Kopfschütteln. Das Mädchen verzieht keine Miene, nur
ihre Augen wandern von Kekkonen zu der Polizistin, die neben der Tür steht, und wieder zu ihm zurück.

»Können wir endlich anfangen?«, stößt sie plötzlich hervor.

Sie wirft Artur Kekkonen einen Blick zu, den er nicht deuten kann. Dann sieht sie wieder auf die Tischplatte.

»Also, wie geht es dir?«

»Es geht.«

»Was macht der Fuß?«

»Besser.«

»Was soll ich deiner Mutter sagen?«

»Nichts.«

»Gar nichts?«

»Mit meiner Mutter komme ich schon selbst klar.«

Clara sieht ihm zu, wie er in seinen Kaffee schaut und endlich einen Schluck nimmt.

»Freust du dich wenigstens, dass deine Mutter kommt?
Dass sie sich um dich kümmert?«

Clara zuckt mit den Schultern.

»Das ist jetzt eine ziemlich schlechte Idee von dir, ausgerechnet gegen einen Finnen einen Wettbewerb im Schweigen vom Zaun zu brechen. Denn wir sind da Weltmeister.« Artur Kekkonen lehnt sich auf dem Stuhl zurück, kippelt mit der Lehne, blättert in einem Schnellhefter, den er schräg gegen die Tischkante hält.

»Wir müssen uns über die Umstände deiner Festnahme unterhalten. Nur für das Protokoll und der Vollständigkeit halber. Ich nehme an, der Polizist in Suonenjoki hat dich befragt?«

»Ja. Aber zuerst hat er mein Bein gebrochen, und dann hat er festgestellt, dass ich kein Finnisch kann.«

»Du bist weggelaufen. Du bist mit dem Fuß heftig umgeknickt. Du warst allein auf der Insel. Ein Haus brannte lichterloh. Du hast dich einem Polizisten widersetzt und seinen Hund getreten. Der Polizist sagt auch, du wolltest nicht einmal Englisch mit ihm sprechen. Warum muss jeder Polizist immer wieder von vorne anfangen, wenn er mit dir spricht?«

»Ich dachte, Sie sind kein Polizist. Sie reden aber wie einer.«

Artur Kekkonen macht Pistolenfinger und zielt auf sie. »Einmal Bulle, immer Bulle. Du machst es mir aber auch nicht leicht.«

»Sehr witzig.«

»Ich erkläre es dir gerne noch einmal. Ich bin Polizist, aber nicht so einer, der im Streifenwagen durch die Gegend fährt und Leute einsperrt. Ich werde geholt, wenn sich jemand ernste Sorgen macht. Und deinetwegen macht sich jemand große Sorgen. Du hast die halbe Insel in die Luft gejagt.«

»Ich nicht. Das war ich nicht. Das müssen andere gewesen sein.«

»Sagt das Mädchen ohne Erinnerung. Du merkst bestimmt selbst, dass das unlogisch ist. Aber lassen wir das. Inspektor

Grenberg wird sich darum kümmern. Ich möchte mit dir über Joonas Turunen sprechen. Seinetwegen und wegen Harald Johanson und Hanno Maturi machen wir uns Sorgen. Und ich möchte, dass du mir keine Märchen erzählst.«

Claras Blick wandert vom Rauchmelder zurück auf die Tischplatte, zur Kaffeetasse und kriecht dann Arturs Unterarm hinauf bis zu seinem Gesicht. Sie sieht ihn herausfordernd an.

»Warum eigentlich Joonas?«, fragt Clara plötzlich und Artur Kekkonen ist verblüfft. »Joonas hat nichts getan. Und die andern auch nicht. Wir haben nichts getan.«

»Wenn wir von der Brandstiftung absehen, die einen Menschen fast umgebracht hat, und wenn wir die Tatsache ignorieren, dass du als Einzige am Tatort geschnappt wurdest, habt ihr nichts getan.«

Clara verdreht die Augen und zischt etwas über den Tisch, das bestimmt keine Nettigkeit ist. Kekkonen lächelt nur.

»Mit dem Brand habe ich nichts zu tun und alles andere geht die Polizei nichts an.«

»Da täuschst du dich. Du bist minderjährig und von zu Hause abgehauen. Ich lese es dir vor. Der Polizeipräsident deiner Heimatstadt: *Vermisstenanzeige* steht drüber.« Kekkonen macht eine Kunstpause und schaut sie an. »Dieses Jahr im April.« Er räuspert sich. »Du bist abgehauen – und das geht die Polizei sehr wohl etwas an. Ehrlich gesagt frage ich mich, warum du durchgebrannt bist. Und warum ausgerechnet nach Finnland?«

Dieses Schweigen! Die Inuit haben angeblich hundert Wörter für Schnee. Artur Kekkonen weiß, dass das eine schöne, aber nicht wahre Geschichte ist. Mal sehen, denkt er, wie viele Wörter für Schweigen es im Finnischen gibt. Hunderte. – Hunderte finnische Schweigewörter. Er muss nur Geduld haben und mit Clara Sommerhage hier hocken bleiben, bis sie redet.

»Mal etwas anderes. Ich bin gestern in Suonenjoki gewesen und ich habe dir deinen Rucksack mitgebracht. Tapio Aulanka hat ihn auf dem Hügel gefunden. Siw gibt ihn dir gleich. Du weißt, was darin war, und ich gehe davon aus, dass nichts fehlt. Unter anderem fand ich darin einen roten Schal, einen iPod, ein Notizbuch.«

Kekkonen achtet auf jede Bewegung, die Clara macht. Doch sie beherrscht sich, lässt sich nichts anmerken.

»Ich habe mir das Notizbuch angesehen. Es ist sehr geheimnisvoll und eigentlich ein Fall für die Analytiker der Dechiffrierabteilung unseres Geheimdienstes. Aber die sind in der Sauna.«

Clara starrt ihn an.

»Das war ein Scherz. Ein ziemlich müder Scherz, zugegeben. Was ich sagen will: Ich gebe dir den Rucksack, so wie er gefunden wurde.«

Clara schweigt.

»Gewundert habe ich mich, dass ich kein Handy gefunden habe. Das kapiere ich einfach nicht. Ich habe sogar zwei. Dabei hasse ich die Dinger. Ich verrate dir sicher kein großes Geheimnis, wenn ich dir erzähle, dass Seppo Grenberg keine Mobilfunkdaten von dir, von Joonas und von Hanno auftreiben konnte. Die Kontaktdaten von Harald haben wir. Er benutzt sein Handy nur für seine Geschäfte im Landhandel. Euer Verhalten grenzt ziemlich an Geheimniskrämerei. Was habt ihr denn zu verbergen? Oder gibt es dafür eine andere Erklärung?«

»Das war meine Idee. Das mit dem Handy. Ich wusste doch, meine Eltern suchen nach mir. Ich wollte nicht erreichbar sein. Für niemanden. Ich habe es versenkt. In der Ostsee.«

»Und Joonas? Hat der seines auch im Meer versenkt?«

»Nein, natürlich nicht. Aber in der Beziehung ist er schon immer komisch. Er wechselt dauernd die SIM-Karte. Keine Ahnung, wieso. Und was Hanno mit seinem Handy gemacht hat? Da habe ich echt keine Ahnung.«

Kekkonen überlegt. So kommt er nicht weiter. Aber immerhin spricht sie jetzt. Dann sagt er: »Du hast deine Mutter eine ganze Weile nicht gesehen. Dann freust du dich jetzt bestimmt auf sie. Ihr habt euch eine Menge zu erzählen.«

Clara nagt an ihrer Unterlippe.

Herrgott noch mal!, flucht Artur innerlich. Natürlich freut sie sich nicht auf ihre Mutter, das sieht man doch. Also weiter, sagt er sich. Er muss das Eis brechen. Irgendwie.

»Clara, sieh mal«, versucht er es langsam, »es ist doch so: Wir können dich nicht einfach gehen lassen. Du warst schließlich am Tatort. Ich stelle dir Fragen, weil ich genau das tun muss. Es ist mein Beruf. Bist du bereit zu antworten? Das ist wichtig für uns. Uns kommt es auf die Fakten an. Das verstehst du doch?«

Er wartet. Keine Reaktion.

Er dreht sich zur Tür um, als wäre jemand hereingekommen oder als hätte Siw Korpi etwas zu ihm gesagt. Clara folgt überrascht seinem Blick und setzt sich kerzengerade auf. Es ist niemand hereingekommen. Aber sie ist jetzt aufmerksam. Artur Kekkonen spricht plötzlich laut: »Es gibt für dich keinen Grund, in dieses Land zu kommen und Häuser anzuzünden. Egal, was dein Problem ist. Ich sage jetzt nicht: Mach das gefälligst zu Hause. Niemand sollte einem andern Menschen nach dem Leben trachten oder ihm sonst wie Schaden zufügen. Nirgendwo.«

Clara verdreht die Augen und schaut zur Zimmerdecke, als ob sie sich plötzlich für den akkuraten Sitz des Rauchmelders interessiert.

»Vielleicht habe ich unsere kleine Unterhaltung falsch angefangen. In diesem Gespräch soll es nicht nur um den Brand gehen. Es ist aber so, dass mich das furchtbar aufregt. Und ich muss dir sagen, du hast die Schwierigkeiten verursacht, in denen du jetzt steckst. Ich will das nur klarstellen.«

Clara sieht ihn an und macht ein Du-spinnst-komplett-Gesicht. Es wird Zeit für Artur Kekkonen, das Thema zu wechseln.

»Was macht deine Gedächtnislücke? Hat Joonas Turunen das Haus angesteckt und dich dann einfach zurückgelassen? Oder hast du das Haus in Brand gesetzt und Joonas ist vor Entsetzen darüber abgehauen?«

»Woher wollen Sie das alles wissen? Das sind doch bloße Vermutungen. Ich kann mich nicht erinnern«, beginnt Clara. »Wirklich nicht!« Und dann, etwas kleinlaut: »Ich weiß es einfach nicht. Ich bin mit Seitas Boot auf die Insel gefahren. Sie hatte es mir angeboten. Ich fuhr gerne hinüber, auch weil mir die Jungs auf die Nerven gingen.«

»Hat Joonas dich sitzen lassen? Habt ihr euch gestritten? Können wir jetzt mal über Joonas reden?«

Pause.

Artur Kekkonen lässt nicht locker.

»Ich habe eigentlich keine Lust hierzusitzen. Wir feiern Juhannusta. Wie heißt das auf Deutsch?«

»Johannisfest. Mittsommernacht.«

Er verkneift sich das Lächeln. »In ein paar Tagen fängt mein Urlaub an. Bis dahin will ich das hier hinter mich bringen. Ich möchte mit dir über Joonas reden. Alles andere interessiert mich nicht. Wenn du uns hilfst, vergessen wir den Brand. Obwohl mir das persönlich sehr schwer fällt. Immerhin wäre Seita Laakso fast verbrannt. Ist dir das eigentlich klar?«

»Es tut mir leid. Seita war immer sehr nett zu mir. Sie hat mich eingeladen. Sie war fast wie eine Freundin. Ich konnte kommen, wann ich wollte. Auch wenn sie nicht dort war. Ich ging in die Sauna. Sie ließ mich an ihren Computer. Ich konnte ins Netz. Manchmal habe ich nur auf der Terrasse gesessen. Ich mochte die Stille. Wenn sie da war, haben wir uns unterhalten. Wir haben gekocht. Oder ich habe ihr im Garten geholfen. Joonas war neidisch darauf.« Clara beißt sich sofort auf die Lippen.

Artur merkt ihr an, dass sie nichts zu Joonas sagen will. Er spürt nur zu genau, dass er so nicht weiterkommt. Es geht ihm schon jetzt auf die Nerven. Er gibt sich noch eine Viertelstunde. »Ich möchte Klarheit.«

»Und worüber? Ich kapiere nicht, worauf Sie hinauswollen.«

»Ich glaube nicht, dass du Seitas Haus angesteckt hast. Ich habe einen Bericht gelesen über den Vorfall, der sich vor ein paar Tagen in Seitas Restaurant, dem *Ravintola*, abgespielt hat. Joonas war dabei und Harald und Hanno. Weißt du etwas davon?«

»Nein. Ich weiß von keinem Vorfall. Ich bin nicht immer mitgefahren, wenn Joonas mit seinen Leuten unterwegs war.«

»Niemand behauptet, dass du dabei warst. Aber es könnte doch sein, dass Joonas mit dir darüber gesprochen hat.«

»Ich kann mich nicht erinnern«, sagt Clara halblaut.

»Alle reden darüber, sogar Siw Korpi kennt die Geschichte.«

»Von mir aus. Ich weiß von nichts.«

»Ich habe Seitas Geschichte zusammengefasst. Ich kann sie dir vorlesen. Oder willst du es selbst lesen? Willst du sie überhaupt hören?«

Clara nickt. »Sagen Sie einfach, was passiert ist.«

»Seita war mit einem Jungen allein im *Ravintola*. Der Junge aß etwas und trank einen Kaffee. Sein Auto, ein alter Campingbus, parkte seit zwei Tagen auf dem Parkplatz. Der Wohnwagen, Seita nannte ihn ›alte Karre‹, sei ziemlich bunt und lustig angemalt gewesen. Überall Aufkleber. Irgendwas mit Reggae, Musikfestivals und Hanf, *Mein Freund ist Ausländer*, so etwas eben. Bengt, so heißt der Junge, war auf dem Weg nach Helsinki. Der Bus hatte eine Panne. Der Vergaser war defekt. Er musste auf das Ersatzteil warten.

Seita sagt, dass Bengt ein ruhiger, netter Junge ist. Er hatte einen Hund dabei. Kein Jahr alt. Ein Husky-Mischling. Ein verspielter, anhänglicher Kerl. Er heißt Kaksi, also ›Zwei‹. Den Namen verdankt er seinen Augen. Das linke Auge ist blau, das andere grün. Bengt saß also am Tisch, Seita setzte sich dazu und kraulte den Hund.

Ein dunkelblauer geschlossener Lastwagen fuhr auf den Parkplatz. Harald Johanson, Joonas und Hanno Maturi kletterten heraus. Sie sahen sich den Campingbus an und irgendetwas daran schien sie zu stören. Sie kamen herein und fingen sofort an, sich mit üblen Sprüchen über den Jungen lustig zu machen.

Bengts Hund Kaksi hatte zunächst nur den Kopf gehoben und sich wieder in Seitas Arm gekuschelt. Seita sagte, dass Joonas den Hund lange angesehen hat. So lange, dass es ihr auffiel und sie beunruhigte.

Erst wurde gefrotzelt, dann gepöbelt und beleidigt. Seita bat die drei schließlich zu gehen. Aber da zeigte Joonas auf den Hund und sagte: ›Ich glaube, der Hund muss raus. Den nehmen wir mit!‹ Er packte das Tier am Nacken und zerrte es hoch. Harald hielt sofort Bengt fest, der wie wild um sich strampelte, aber keine Chance hatte. Seita schrie auf und drohte mit der Polizei. Bengt konnte sich losreißen und Harald schlug ihm die Faust ins Gesicht.

Bengt schaffte es aber trotzdem, aus dem *Ravintola* hinauszurennen, auf den Parkplatz zu seinem Auto. Einen Moment später war er wieder da. Diesmal mit einer Signalpistole in der Hand. Du kennst das, so ein Ding, mit dem im Notfall Leuchtraketen abgeschossen werden. Die hielt er Joonas vors Gesicht, und selbst Seita hatte keinen Zweifel, dass Bengt abdrücken würde.

Joonas ließ den Hund los und sie zogen ab. Auf dem Parkplatz ließen sie ihre Wut am Campingbus aus. Der war danach voller Beulen. Dann verschwanden sie.«

»Meine Güte! Dieser Bengt hat sie doch nicht alle. Er hätte Joonas verletzen können!«

»Clara, hast du mir zugehört? Hast du die Geschichte verstanden?«

»Joonas hätte niemals ohne Grund Streit angefangen. Niemals. Er muss provoziert worden sein. Außerdem hatte dieser Bengt doch die Pistole.«

»Das habe ich befürchtet. Du machst konsequent das Opfer zum Täter. Findest du das richtig? Hat Joonas dir das beigebracht? Denkt er so?«

»Ich weiß nur, dass die Polizei auf den Hof kam und sich alles angesehen hat. Sie haben die Ausweise kontrolliert und nichts ist passiert. Alles war in Ordnung. Fragen Sie Siw. Sie war dabei. Sie und der dicke Dorfsheriff mit seinem schrecklichen Hund.«

»Mir kommen gleich die Tränen. Und Seita? Für sie war nichts in Ordnung. Und für Bengt auch nicht. Und was ist mit dir? Du bist siebzehn und redest so ein dummes Zeug. Hast du keine eigene Meinung? Warst du immer schon so? Ahnungslos, ohne eigene Meinung? Warum hat Joonas dir nichts erzählt? Eine Knarre im Gesicht ist schließlich keine alltägliche Erfahrung.«

»Ich möchte auf meine Mutter warten«, sagt Clara. »Ich möchte nicht alleine sein. Das hier macht mir Angst.«

»Das kann ich mir gut vorstellen. Mir macht das auch

Angst. Seita sagte über deine Freunde, dass die nichts Gutes vorhaben. Denkst du das auch?«

»Ich sage kein Wort mehr!«

»Also gut. Wir können auf deine Mutter warten. Ich rede mit ihr und dann schicken wir dich nach Deutschland zurück. Du kannst heute Abend noch im Flieger sitzen.«

Aber Clara freut sich nicht. Sie reagiert vollkommen anders, als Artur Kekkonen erwartet hat. Sie zieht den Kopf ein und schluckt heftig. Sie presst die Lippen aufeinander wie ein Kind, das versucht, nicht zu weinen.

Und dann beginnt sie doch zu sprechen: »Ich will nicht zurück nach Hause. Ich dachte, ich soll Ihnen helfen. Das ist doch wichtig, oder etwa nicht? Nein, ich will noch nicht nach Hause.« Den letzten Satz flüstert sie fast.

Artur Kekkonen bleibt bei seinem strengen Ton: »Dann musst du den Mund aufmachen und meine Fragen beantworten.«

Clara windet sich. »Es fällt mir schwer, darüber zu sprechen. Ich kriege das alles nicht auf die Reihe. Diese Fragerei. Das geht mir zu schnell. Ich muss meine Erinnerungen erst sortieren.«

Artur hebt die Augenbrauen. »Wie stellst du dir das vor?«

»Kann ich es aufschreiben? Die ganze Geschichte, wie es angefangen hat?« Clara wirkt nach diesem Vorschlag fast erleichtert.

Er zuckt die Achseln. »Ich brauche die Informationen jetzt und nicht irgendwann, wenn du vielleicht einmal damit fertig wirst.«

Die Wendung überrascht und beunruhigt Kekkonen. Einerseits ist das die Lösung, denkt er, andererseits verliert er vielleicht die Kontrolle. Er überlegt, ob da ein Risiko ist.

»Du bekommst einen Laptop. Ich darf nach Absprache mitlesen. Wenn ich Fragen habe, stelle ich sie. Dann komme ich zu dir und wir reden. Ist das eine Möglichkeit?«

»Ich will es versuchen.«

»Eine Frage hätte ich jetzt schon an dich. Du kennst Joonas seit einem Jahr. Kann er ausrasten? Jemandem an den Kragen gehen? Wie diesem armen Hund? Ich meine: Ist so was üblich bei ihm?«

Clara überlegt kurz, bevor sie antwortet: »Kann sein, dass Joonas in keine Schublade passt. Aber Joonas ist nicht böse. Er ist anders, ja. Joonas ist ziemlich großartig.«

In einem Zug Richtung Tampere, Finnland – zur gleichen Zeit
Der Journalist Lutz Wagner zuckt zusammen, als die Tür des Zugabteils geöffnet wird. Er hatte die Augen geschlossen, weil er ein Nickerchen vortäuschen wollte. Dann war er tatsächlich eingeschlafen. Er braucht einen Moment, um zu begreifen, wo er ist.

Auf dem Platz neben ihm sitzt Michaela Sommerhage. Zusammen mit ihr ist er nach Finnland gereist. Claras Mutter hatte ihn gebeten, sie zu begleiten, nachdem sie die Nachricht von Claras Unfall erhalten hatte. Er war sofort einverstanden gewesen. Aber diese Reise hatte sich zur Strapaze entwickelt. Der Flug nach Kuopio vor zwei Tagen war noch problemlos gewesen, doch danach klappte nichts mehr. In Kuopio hatten sie in einem Hotel übernachtet, für die Weiterfahrt war es schon zu spät gewesen. Claras Mutter war selbst ganz krank vor Sorge. Am Tag darauf erklärte ihr die Polizei in Suonenjoki, die Clara gefunden hatte, dass Clara in ein Krankenhaus in Turku gebracht worden sei. In Turku wiederum hieß es, Clara sei nicht mehr im Krankenhaus, sondern in Tampere. Frau Sommerhage telefonierte ärgerlich mit der dortigen Polizei, die beruhigte sie, doch sehr hilfreich war man nicht. Also nahmen sie den Zug nach Tampere. Der blieb dann auf freier Strecke stehen, mitten im Wald. Technischer Defekt. Zermürbende Warterei und eine Übernachtung in einer kleinen Pension. Und wieder im Zug. Lutz Wagner hat schon jetzt genug von Finnland, wenn da nicht die Story wäre, an der er immer noch bastelt ...

Michaela Sommerhage schaut erst ihn an, dann auf ihre Armbanduhr. Er sieht Misstrauen und Angst in ihren Augen.

Lutz Wagner ist davon überzeugt, dass Pläne gelingen, wenn man ruhig bleibt und nicht abweicht. Er erinnert sich daran, wie er im April im Fährhafen von Rostock Joonas und Clara nach Finnland verabschiedet hat und was er danach tat. Zwei Tage hatte er in einem Hotelzimmer verbracht und vergeblich auf einen Anruf von Joonas gewartet.

Einen Tag später gelang es ihm, den Immobilienmakler Sommerhage ans Telefon zu bekommen, der ihm, kaum hatte er seinen Namen genannt, eine Tracht Prügel anbot.

Claras Mutter war nicht freundlicher gewesen. Aber immerhin hörte sie sich seine sorgfältig zurechtgelegte Version der Ereignisse an: Er schreibe an der Geschichte dieses Jungen, sagte er, der von einer fixen Idee besessen sei und von dem niemand so wirklich wisse, wie gefährlich er sei. Er hatte angedeutet, er sei möglicherweise einem Nachahmer von Anders Behring Breivik auf der Spur. Er weiß noch heute seine Worte auswendig: »Wissen Sie, Frau Sommerhage, ich bin einfach nur wie betäubt im Regen herumgelaufen. Stundenlang. Ich weiß es noch ganz genau. Ich habe Joonas' Umfeld recherchiert und habe mir immer wieder im Internet seine Mutter angesehen, die finnische Ministerin, eine überzeugte Europäerin. Und ich habe mich gefragt, was den Sohn dieser wundervollen Frau so wütend gemacht hat. Glauben Sie mir, das war Joonas' Gefühl: Wut. Er war wütend. Unglaublich wütend.« Frau Sommerhage hatte wortlos aufgelegt. Doch er wusste genau, was sie dann tat. Sie ging ins Internet, begann zu recherchieren.

Bericht

Clara sitzt vor dem Laptop. Sie weiß nicht recht, wo sie anfangen soll. Sie muss nichts erfinden. Das macht das Erzählen aber nicht leichter. Immerhin hat sie ihr Notizbuch zurück, ihre wichtigste Quelle. Alles andere sind nur Erinnerungen. Mit Joonas wird sie anfangen. Mit ihm muss sie anfangen, weil die Polizei hinter ihm her ist und weil er die *Neue Finnische Armee* erfunden hat.

Clara klappt den Laptop zu und macht ihn wieder auf. Ihre Finger zittern. Es fällt ihr schwer zu schreiben, weil es so wehtut, wenn sie an ihn denkt. Ob da immer diese schmerzhafte Sehnsucht bleibt?

Sie beginnt zu schreiben: Erst mal nur ausprobieren, wie sich das Schreiben anfühlt. Auf keinen Fall will sie zu viel über Joonas oder über sich verraten. Den ersten Absatz löscht sie dann auch gleich wieder.

~~Ich war nie gemein. Weder als Kind noch später. Ich war ein glückliches Kind. Bis meine Eltern beschlossen, dass Schluss damit ist. Sie trennten sich, an dem Tag endete mein Kindsein. Das alles hat mich langsam immer wütender gemacht. Es wurde mir zu viel, vor allem das mit meiner Mutter und ihrem neuen Lover. Genau da tauchte Joonas auf. Joonas war der Junge, mit dem ich meine Eltern endlich auch mal erschrecken konnte. Das wusste ich sofort. Nur erschrecken, ich schwöre. Und dann ist es passiert: Ich habe mich in ihn verliebt. Geplant hatte ich das nicht. Es überfiel mich.~~

Das Schreiben tut gut. Aber sie wird einen anderen Anfang finden müssen.

Auf dem Tisch liegt ein Stapel Fotos. Großformatige Papierabzüge, keine Fotokopien. Sie zeigen die Überreste von Seitas Haus, den Bootssteg, den Holperpfad zum Hügel hinauf. Clara spürt jetzt noch, wie die Luft heiß über dem spärlichen Gras und den wuchtigen Felsbrocken flimmert. Sie kann sogar die staubige Hitze riechen.

Der Tatort. Überall ist blau-weißes Flatterband gespannt. Dort ist Clara gewesen und dort endete ein Teil ihrer Geschichte abrupt. Als der Hund sie anknurrte, als der Polizist sich auf sie warf. Als der Himmel aufblitzte, als sie keine Luft bekam, als es dunkel wurde um sie herum – und in ihr.

Sie blättert durch den Stapel, findet Bilder von Haralds Hof, von dem Schuppen, den sie hergerichtet haben, vom alten Traktor, einem *John Deere*. Ein Foto zeigt den Blick von der Halbinsel hinüber zum Nordufer. Wie Urlaubsfotos, denkt Clara. Irgendwie schön. Dann das Schild: *LoLa*. Die Buchstaben hat Joonas aufgemalt, auf die Hütten, die sie gebaut hatten. Sie spürt einen Stich in der Brust und streicht mit den Fingerspitzen sacht über das Foto.

Haralds Haus. Sie sieht die Treppe, auf der sie so oft gesessen und Joonas, Harald und Hanno zugesehen hat, wie sie Säcke und Kisten in den dunkelblauen Lastwagen luden, der auf einem extra aufgeworfenen Erdhügel geparkt wurde. Auf einem Foto findet sie diesen Hügel. Der Lastwagen ist nicht zu sehen. Er ist auf keinem der Fotos mehr zu sehen. Sogar die alte Kaffeemaschine in der Küche hat die Polizei fotografiert. Auch die Dose mit den Kaffeefiltern war ihnen ein Foto wert. Unter den Filtern hatten sie Geld aufbewahrt, aufgerollte Scheine, mit einem Gummiband zusammengehalten. Auf dem Foto ist die Dose leer.

Im Nachhinein lässt sich alles besser beurteilen. Wenn man mittendrin steckt in den Ereignissen, sieht man immer nur einen winzigen Ausschnitt. Das Jetzt. Später, wenn man sich mit den Folgen auseinandersetzt, wird deutlich, ob sich das alles gelohnt hat, ob es der Mühe wert war. Ob es einen Sinn hatte. Vor ein paar Monaten noch war sie ahnungslos. Vielleicht hatte sie auch Illusionen. Und Träume. Irreale Träume. Es fing an und es passierte. Eines nach dem anderen. Und so will Clara es erzählen. Stück für Stück und das eine nach dem anderen.

Und das steht über allem: Sie will Zeit gewinnen mit diesem Bericht. Und an keiner Stelle Joonas schaden.

Clara Sommerhage: Mein Bericht
- - - - - - - - - - - - - - - - - - - -

Mein Name ist Clara Sommerhage. Ich bin jetzt siebzehn.
Ich soll über mich schreiben. Aber in Wirklichkeit geht
es um Joonas. Ich weiß, dass Artur Kekkonen alles mitlesen
kann. Und ich kann mir denken, dass er nicht der Einzige
ist. Ich schreibe trotzdem. Ich werde nichts auslassen. Artur
Kekkonen hat mir heute ein paar Sachen vorbeigebracht.
Mein Waschzeug, Kleidung, meinen roten Schal. Riesig
gefreut habe ich mich über meinen Rucksack und meinen
iPod. Endlich Musik.
Wie soll ich anfangen? Tagebuch rückwärts? Ich kenne die
Wahrheit. Jedenfalls bis zu meinem Filmriss. Am besten fange
ich sachlich an. So etwa: An dem Tag, als mein Bericht beginnt, wachte ich früh auf. Ich zog die Vorhänge zur Seite und
sah in den Himmel, der einen weiteren klaren Tag versprach.
Das ist eine kurze, sachliche Beschreibung meiner damaligen
Welt. Ich weiß, jeder steht wahrscheinlich irgendwann an
einem Fenster, schaut hinaus und kann nicht wissen, was der

Tag bringen wird. Am selben Abend schon kann man die Welt mit andern Augen sehen. Das alles ist keine Besonderheit von mir.

Was mir aber dabei ein wirklich flaues Gefühl im Magen macht, ist etwas anderes: Ich bin mir fremd. Wer ist diese Fremde, über die ich da schreibe? Oder sind es nur ihre Aktionen, die die Fremdheit ausmachen? Wer bin ich? Der Mensch in meinen Erinnerungen, bin ich das? Oder schreibe ich über eine frühere Clara, eine andere Clara, und über die jetzige? Im Schreibprozess bin ich ganz nah bei beiden. Eines weiß ich auch: Es ist keine Kunst, hinterher klüger zu sein.

Vor etwa einem Jahr – Mein Bericht 01

Ich lebte mit meinen Eltern in einem großen Haus in einer vornehmen Wohngegend. Alle Häuser in unserem Stadtviertel hatten große Gärten mit gepflegten Hecken. Das Leben war ruhig, es hat uns an nichts gefehlt. Alles war perfekt. So dachte ich. Ich kann mich zum Beispiel an keinen Tag in meinem Leben erinnern, an dem es bei uns laut zugegangen wäre.

Ist das Geborgenheit? Oder bin ich mit Stöpseln in den Ohren aufgewachsen? Blind für alles Drumherum?

»Das muss ja toll sein, in so einer Villa zu wohnen.« Diesen Satz habe ich oft gehört und auch, dass hier die Straße der »Schönen und Reichen« sei.

Dazu passte auch, dass meine Mutter Reportagen schrieb. Lifestyle, Kochrezepte, Klatsch und Tratsch. Das ist ihr Job, und sie ist sogar ziemlich bekannt. Meine Mutter Reporterin, mein Vater Immobilienmakler – ich war also wer.

Ein paar Tage nach meinem sechzehnten Geburtstag bat mich meine Mutter zu sich ins Wohnzimmer. Ich sehe noch die gefüllte Obstschale auf dem Couchtisch.

»Dein Vater und ich werden uns trennen«, sagte sie. Kühl, sachlich, scheinbar emotionslos. Oder lag es daran, dass sie selbst es nur so aussprechen konnte? Ich starrte sie fassungslos an. Das konnte nicht sein! Heute Morgen war Papa doch wie immer frisch rasiert und gut gelaunt die Treppe heruntergekommen, hatte mir und Mama einen Kuss auf die Stirn gedrückt, hatte wie immer hastig gefrühstückt, gelächelt und war davongefahren.

»Du willst mich auf den Arm nehmen!«, rief ich.

»Nein, es ist so«, sagte meine Mutter ernst.

Es dauerte eine Weile, bis ich verstand. Ich war verwirrt und meine Fragen wirkten hilflos: »Warum? Ist etwas passiert?« Es war doch alles wie sonst.

Meine Mutter sprach von Auseinanderleben und Neuanfang. Und nichts wäre passiert. Den wahren Grund verschwieg sie.

Mein Bericht 02

Meine Welt brach zusammen. Oder doch nicht? Auf jeden Fall war in meinen Ohren ein hässliches Geräusch, wie kratzende Fingernägel auf einer Schiefertafel. In meinen Armen begann es zu kribbeln wie Ameisenstraßen. Unter meiner Haut brannte es. Ich wollte das alles nicht. Ich wollte, dass alles so bliebe, wie es immer gewesen war.

»Solange du mich brauchst, bin ich für dich da«, hörte ich meine Mutter wie von ferne sagen.

Das bedeutete doch, wenn ich sie nicht mehr brauchte, wäre sie weg. Jeder würde dann für sich und woanders sein. Aber wir waren doch eine Familie, die zusammengehörte.

Was sie sagte, war Abschied. Sie würde weggehen, sobald ich es verkraften konnte. Sie würde ausharren, ein Opfer bringen, aus Rücksicht auf mich. Das machte mich wütend. Sie sei überzeugt, sagte meine Mutter in sehr ruhigem Tonfall, dass alles gut gehen würde. Schließlich seien wir erwachsen. Es sei nun einmal so, jetzt müssten wir das Beste daraus machen und die Dinge klären, die noch zu klären seien, ohne ein Drama zu inszenieren. »Wir müssen die Dinge so nehmen, wie sie sind.«

Ich kann mich genau an diese Sätze erinnern und daran, wie wir auf dem Sofa saßen. Ich weiß heute noch alles über diesen Tag, über das Wetter, über das, was ich vorher gemacht habe, das, worüber wir gesprochen haben. Ich weiß, dass die Morgensonne die Wände in meinem Zimmer in ein warmes Gelb tauchte und dass ich den Sommer riechen konnte.

Ich verstand Mama nicht. Sie hatte mir ja auch nur die Hälfte verraten, wie ich später erfuhr.

Sie tritt alles mit Füßen, dachte ich und spürte etwas wie spitze Nadeln auf meinen Armen. In meinem Kopf ging danach alles ganz langsam. Ich dachte an meinen Geburtstag, der gerade vorbei war, an die Party, wo wir hundert Teelichter aufgestellt hatten und ich auf dem Gartentisch getanzt hatte. Und glücklich war.

Ich fragte meine Mutter, ob Papa traurig sei und warum sie ihn nicht mehr liebte.

Es ging weiter wie in einem schlechten Film. Wir weinten beide. Irgendwann war es ganz still. In meinem Kopf kreiste nur noch ein einziger Gedanke: dass ich verloren ginge, wenn meine Eltern sich trennten.

Ich fühlte mich allein. Stand auf und ging die Treppe hinauf in mein Zimmer. An meinem Schreibtisch gekauert, starrte ich

auf die Blätter des Baums vor meinem Fenster. Mein Körper
kribbelte, mein Kopf war leer.
Unten fiel das Gartentor ins Schloss. Papa stand dort in
Joggingkleidung auf dem Rasen und stützte erschöpft die
Hände auf die Oberschenkel. Er sah mich am Fenster, zog
sich das rote Stirnband vom Kopf und winkte.
Später fragte er mich, ob wir einen Ausflug machen sollten.
»Nur wir beide. Was meinst du?« Es klang aufmunternd, fast
heiter. Doch mir schnürte es die Kehle zu. Ich wollte nicht
bespaßt werden.
Was sollte ich bloß tun? Sollte ich meine Jeans zerreißen,
mein Gesicht schwarz einschmieren, noch trauriger aussehen?
Den Daumen in den Wind halten, ans andere Ende der Welt
trampen? Ja. Waaas?

Mein Bericht 03

Das Leben geht weiter. So sagt man doch. Das hört sich
lächerlich, fast billig an. Aber es ging tatsächlich weiter. Das
Leben.
»Man weiß nicht, wie man dran ist. Ständig ist alles anders,
und was gestern noch gut war, ist heute Mist.« So oder
so ähnlich redete mein Vater. Doch dann sagte er kaum mehr
etwas.
Ich wurde zur Beobachterin. Papa hier, Mama da. Alles
spielte sich von nun an vor meinen Augen ab. Wir gehörten
nicht mehr zusammen. Ich gehörte nicht mehr dazu. Es
war wie in einem Theater und die Personen agierten vor
meinen Augen.
Mama fuhr jetzt öfter ohne Ankündigung fort. Sie kam
dann nach Stunden zurück, stumm, setzte sich an den Tisch
oder ging in den Garten. Manchmal blieb sie länger als

einen Tag und ich saß mit Papa allein am Tisch. Mama führte ein Leben ohne uns und ein Leben mit uns. Und ich saß schweigend daneben.

Ich hatte so sehr gehofft, dass mein Vater uns rettete. Doch sein ewiges Schweigen war bald nicht mehr auszuhalten. Ich glaube, wenn er diese unfassbare Ruhe gegen Wut getauscht hätte oder gegen etwas Handfestes, dann wären wir auch unglücklich gewesen, aber es hätte sich besser angefühlt. Es driftete alles auseinander, trieb so dahin.

Und Papa schnaubte nur und sagte: »Ich werde einiges in meinem Leben ändern. Jawohl, das werde ich.«

Mit den Händen schob er sich die Haare aus der Stirn, faltete die Finger im Nacken und sah plötzlich viel jünger aus. Noch am gleichen Tag kaufte er sich eine Schachtel Zigaretten. Ohne Filter. Lächerlich.

Vor dem Zubettgehen stützte ich mich im Bad auf das Waschbecken und blickte in den Spiegel, während das heiße Wasser in der Dusche lief und Dampfschwaden verteilte. Klasse. Ich bin wie mein Vater und sehe aus wie meine Mutter. Ein Blick in den Spiegel genügt, um das festzustellen. Mamas Nase, ihr Mund. Meine Stirn wölbt sich hoch wie ihre. Sommersprossen, dieselbe Augenfarbe. Sie ist von Natur aus blond. Sie trägt ihr Haar wie eine Krone. Meine Haare sind dunkel. Mama ist die Blondine.

Mein Blick und der Ausdruck in meinem Gesicht sind die meines Vaters. Witzig. Ich konnte mit den Augen meines Vaters meine Mutter betrachten. Der Dampf beschlug den Spiegel. Nein. Das war nicht witzig. Es war gespenstisch, gruselig. Ich wollte wissen, wer ich war, und wischte mit der Hand über das beschlagene Glas. So viel wusste ich auch schon: dass man nicht warten muss, bis man alt ist, dass man sein Leben auch mit sechzehn schon an die Wand fahren kann.

Nachts wachte ich oft auf. Manchmal hörte ich das dumpfe Tuckern eines Lastkahns auf dem Kanal, keine hundert Meter hinter unserem Haus. Manchmal warf der Mond sein Licht als helles Rechteck in mein Zimmer. Manchmal las ich. Oft starrte ich einfach nur an die Decke oder lauschte in die Stille hinein. Und nichts wurde anders.

Mein Bericht 04

Zwei Dinge passierten.
Auf dem Weg zur Schule hatte ich neuerdings einen Begleiter. Immer trieb sich in meiner Nähe ein Klarinettenspieler herum. Es passte zusammen: die Stadt, ich und die Klarinette, eine zufällige Melodie.
Ich bin dem Klarinettenspieler nie begegnet. Mir genügte der Klang, und als er nach ein paar Tagen verschwand, fürchtete ich, ihn endgültig verloren zu haben. Ich ärgerte mich, nicht versucht zu haben, ihn wenigstens einmal zu sehen. Ich hatte ihn verpasst. Ich verrenkte mir den Hals und lauschte vergeblich. Im Nachhinein habe ich darüber nachgedacht, wie entscheidend der richtige Moment ist und dass ich ihn ungenutzt verstreichen ließ.
Ja, es stimmt. Wenn ich das heute schreibe und noch einmal lese, hört es sich an wie irgendein romantischer Kitsch, den ich gerade erfunden habe. Aber das war es nicht. Da war so etwas wie Sehnsucht. Die hatte vor allem damit zu tun, dass ich alleine war.

Das passierte außerdem:
In der Schule brachte mich ein neuer Lehrer auf andere Gedanken. Torsten Meyer gab Geschichte und Deutsch, meine Lieblingsfächer. Torsten war cool. Er betreute mein Referat,

er hatte es mir vorgeschlagen. In diesem Schuljahr musste ich meinen Notendurchschnitt verbessern, weil ich viel zu viel Zeit mit sinnlosem Grübeln vergeudet hatte und Mathematik mir völlig egal geworden war.

An einem Mittwochmorgen Ende September war ich unterwegs zur Bushaltestelle, als ich merkte, dass ich mein Handy nicht dabeihatte. Papa war auf Geschäftsreise, und ich hatte versprochen, für ihn erreichbar zu sein. Ich lief also zurück, und als ich zu unserm Haus kam, sah ich jemanden mit Brötchentüte in der Hand und Zeitung unterm Arm hineingehen. Torsten Meyer. Ich blieb wie angewurzelt stehen.

Ich wartete einen Moment und schlich dann leise ins Haus. Ich erwartete, Mama und ihn plaudernd am Tisch anzutreffen, die Kaffeetassen in der Hand. Doch nichts war zu sehen.

Im Flur auf dem Fußboden sah ich Torstens Jacke und seine Schuhe. Brötchentüte und Zeitung lagen auf dem Küchentisch. *Croissants vom guten Bäcker* stand auf der Tüte. Mir wurde übel.

Mit einer Handbewegung fegte ich die Zeitung vom Tisch, schnappte mir die Brötchentüte, rannte hinaus. Krachend flog die Tür ins Schloss. Ich lief, bis ich völlig außer Atem war, in meiner Hand immer noch die Tüte, aus der die Croissants purzelten und sich hinter mir auf dem Pflaster verteilten. Wie bei Hänsel und Gretel. Nur die wollten zurückfinden. Ob ich das wollte, wusste ich nicht. Ich blieb keuchend und nach Luft ringend stehen und kam mir plötzlich albern vor. Wie im Märchen, dachte ich, das Brot auf dem Boden, Hänsels Brotkrumenspur. Ich knüllte die Tüte zusammen. Ende der Märchenstunde.

Jetzt war es heraus. Jetzt hatte Mama endlich alles verraten. Im Bus stellte ich mir vor, wie Mama panisch versuchte,

mein Handy anzurufen, es in meinem Zimmer klingelte,
während Torsten auf Socken in der Küche herumschlurfte
und die Zeitung auseinanderfaltete.

Mein Bericht 05

Ich bin immer gerne zur Schule gegangen. Sie war ein
wichtiger Teil meines Lebens. Es war in Ordnung. Damit meine ich, dass alles im Lot war und seinen Platz hatte.
Das schnarrende Klingeln der Schulglocke, die nervenden
Lautsprecherdurchsagen, die abgenutzten Tische, die wacke-
ligen, knarrenden Stühle, das heimliche Rauchen auf der
Toilette, knutschende Pärchen in der Ecke hinter der Turn-
halle, die Schulschwänzer, die lieber in der Stadt abhingen
und prompt erwischt wurden, das Mogeln, die unangekündig-
ten Klassenarbeiten, die kleinen Nervenzusammenbrüche,
die Gerüchte, das Geschwätz und Getuschel, der Liebeskum-
mer. Der Turnschuh, der wochenlang auf der Fensterbank
im ersten Stock lag und den keiner vermisste. Auch der end-
gestörte Ansgar aus der Elften, den keiner leiden konnte
und der deshalb regelmäßig die Mülltonnen auskippte und
den Abfall auf dem Schulhof verteilte, bis er von der Schule
flog. Dann das Notenbekommen, das Attestebesorgen,
Entschuldigungen schreiben und Unterschriften fälschen,
einen Frosch aufschneiden. Das Quietschen unserer Schuhe
auf dem Turnhallenboden. Tagaus, tagein. Keine großen
Sachen. Und abends auf *Facebook* – ich hatte 236 Freunde
und fast alle kannte ich von der Schule – ging es weiter.
Ich fiel kaum auf, nur durch gute Noten. Wenn ich etwas
machte, dann richtig. Wenn ich etwas mochte, dann guten
Unterricht oder ein Thema, das mich faszinierte. Und häufig
gab es das. Die Schule war für mich der perfekte Zeitver-

treib. Ich ging aus dem Haus, hatte zu tun. Niemand
fragte nach, solange ich behauptete, ich tue es für die Schule.
Ich hatte Freunde und Freundinnen, enge, nicht so enge.
Ich war beliebt. Ich war immer dabei, aber nie mittendrin,
fühlte mich wie ein Schmetterling. Mal hier, mal da.
Nervös, flatterhaft, und manchmal faltete ich meine Flügel
zusammen und versteckte mich. In der Sechsten war ich
mal Klassensprecherin. Erst war es interessant, dann ödete
es mich an.
Mit Jungs hatte ich nie Probleme, weil ich sie mir vom
Hals hielt. Der coole Kai, für den alle schwärmten, war für
mich unwichtig. Was ich sagen will, ist, dass ich generell
keine Probleme mit Jungen habe. Doch mit den Typen, die
mit verschränkten Armen in der letzten Reihe sitzen, die
sich immer über alles und jeden lustig machen, die immer mit
demselben herablassenden Dauerlächeln im Mittelpunkt
stehen wollen, mit denen schon.
Die Mädchen, die ich kannte, waren echte Pubertätsprofis.
Prinzessinnen. Sie schminkten sich die Pickel weg und tobten
ihre Launen aus. Kein Zweifel, sie kannten sich in der Welt
aus, kannten das Leben und worum es ging. Es ging immer
darum, wie etwas aussah, und nicht, wie es wirklich war. Das
hört sich jetzt gehässig an. Tatsache ist aber, dass ich Cliquen
nie mochte, dieses zwanghafte Zu-jemandem-Zu-etwas-
dazugehören-Müssen. Das wollte ich nicht.
Ich zog mich oft zurück und blieb für mich. Lesen, das
war meine Welt. Ich war meist pünktlich und beteiligte mich
am Unterricht und deswegen hielten mich viele dann für
eine Streberin. Rutscht mir den Buckel runter, dachte ich.
Wenn ich las, wurde ich in Ruhe gelassen. Ich las alles,
was mir in die Finger kam.
Ich wollte jemand werden. Das hört sich vielleicht blöd an,

aber ich wollte das wirklich. Ich wollte das genauso, wie ich
es sage. Alles sollte mir offenstehen. Meine Zukunft sah ich in
einem hellen, strahlenden Licht.

Mein Bericht 06
- - - - - - - - -

Ich ging also gerne zur Schule. Selbst an diesem besagten
Tag, an dem ich Joonas begegnete.
Nach der letzten Unterrichtsstunde traf ich ihn zufällig auf
dem Flur: Torsten Meyer. Er stellte sich mir in den Weg,
bevor ich ihm ausweichen konnte.
»Clara! Schön, dich zu sehen.« Er lächelte.
Ich zupfte an meinem roten Schal herum, sah ihn an und
sagte nichts. Meine Augen sprühten Funken. Ich hätte ihn am
liebsten in den Boden gestampft.
»Schade«, sagte er. Dann war Schweigen, so lange, bis sich
ein surrendes Geräusch in meinen Kopf breitmachte. Und
genau in dem Moment, als es platzen wollte, redete Torsten
los, als sei nichts geschehen: »Ich hatte gehofft, dich gestern Abend zu sehen, Clara. Alle aus dem Kurs waren da, das
Kino war voll. *Blut muss fließen*, ein toller Dokumentar-
film. Der Undercover-Blick auf die rechte Szene. – Wirklich
beeindruckend. Das hätte dich bestimmt interessiert.«
Wovon redete der? Ach ja, sein Lieblingsthema. Torsten, der
Nazijäger. Seit Kurzem bekam er Drohbriefe. In denen
stand, dass sie ihn kriegen würden und das ganze Zeug.
Hakenkreuze und so. Ich glaube, er war stolz darauf.
Aber jetzt sah Torsten mich mit seinen braunen Augen an
und schwieg. Toll. Was hatte ich erwartet? Was wollte ich? Die
Stille saugte alles auf. Meine Welt verpuffte förmlich darin.
Ich hätte platzen können. Ich stand da, räusperte mich, weil
ich einen trockenen Mund hatte, und dachte nicht mehr nach.

Ohne ein Wort drehte ich mich um und ging zur Tür.
»Aber, Clara. Wir können doch über alles reden.«
Ich hob die Hand und zeigte ihm meinen Mittelfinger, verließ
den Flur, das Schulgebäude, trat hinaus in das helle Licht
eines sonnigen Nachmittags und atmete die klare, kalte Luft.
Schön, dachte ich, wie schön.
Was hätte ich sonst tun können? Ihn anbrüllen? Ich wollte
ihn mit Verachtung strafen! Der Mittelfinger, das Schweigen,
das gehörte dazu. Eigentlich war ich danach sogar erleichtert.
In meinem Kopf existierte eine Liste. Die war durch all die
neuen Ereignisse noch genauer, noch zielgerichteter geworden. Punkt eins war, dass ich es so richtig krachen lassen
wollte, die große Abrechnung. Es folgte zweitens das Abhau-
en und drittens der Beginn eines neuen Lebens. Und dabei
wollte ich – viertens – gut aussehen.

Mein Bericht 07
- - - - - - - - -
Ich stand in der Schlange an der Supermarktkasse, packte
Chips und Cola auf das Band und war mal wieder wütend
auf meine Mutter und meinen Vater. Ich dachte daran, wie
leer mein Leben jetzt war, und fürchtete mich vor jedem
neuen Tag. Ich stopfte meinen Einkauf in eine Tüte und ging
zur Bushaltestelle. Ich wartete auf den Bus nach Hause.
Dabei zog mich wirklich nichts dorthin.
»Entschuldige bitte«, sagte jemand hinter mir, »ist das dein
Schal?«
Genervt drehte ich mich um. Ein Typ hielt meinen roten
Lieblingsschal in der Hand.
»Danke«, sagte ich.
Der Junge war etwa in meinem Alter und er hatte sich
voll aufgebrezelt: Stoffhose, dunkler Mantel, Kragen hoch-

geschlagen, hellblauer Pullover, feines Hemd, passende
Krawatte, teure Schuhe. Wie das Coverbild eines Katalogs für
edle Herrenklamotten. Mein Vater läuft manchmal so herum.
Der ist aber Immobilienmakler.
Wir standen da und sahen uns an. Lächelnd. Ich wusste nicht,
was ich tun sollte. Wickelte mir den Schal um den Hals.
Nach einer Weile sagte er: »Ich bin Joonas. Joonas Turunen.
Joonas mit zwei o.«
Der Junge hielt mir seine ausgestreckte Hand hin. Ich
schüttelte sie, holte tief Luft und hielt seine Hand vielleicht
einen Moment zu lange.
»Hast du schon was vor?«
»Das geht dich nichts an.« Ich zögerte. »Es ist nur ... ach,
vergiss es.«
»Hast du Lust auf einen Kaffee? Ich würde gerne mit
dir reden. Nur so.«
»Bist du ein Romantiker?«
»Ich hatte mal eine romantische Ader.«
»Wann?«
»Als ich so alt war wie du.«
»Du bist ganz schön eingebildet.«
»Findest du?«
Ich nickte.

Er war vom Outfit her wirklich nicht der Typ, auf den ich
wartete, und trotzdem brachte er es fertig, dass ich ein paar
Minuten später mit ihm bei *Starbucks* saß und zusah, wie
er jede Menge Zucker in seinen Kaffee rieseln ließ. Das ist
überhaupt nicht meins, dieses Anquatschen auf der Straße.
Ich hänge mich auch nicht gerne in diese trendigen Cafés.
Bei *Starbucks* war ich bis dahin noch nie gewesen.
Etwas irritierte mich an dem Jungen. Nichts Negatives, im

Gegenteil. Ich fühlte mich von ihm angezogen. Sein Akzent und seine höfliche, altmodische Ausdrucksweise machten mich neugierig. Ich fand ihn interessant. Vielleicht ein bisschen arrogant. Aber spannend. Bei *Starbucks* war mir das noch nicht klar. Da war ich eher beeindruckt bis verwirrt.

»Wo kommst du her?«, fragte ich ihn.

»Finnland«, sagte Joonas. Seine Stimme klang gleichgültig. Als käme es nicht darauf an, wo einer herkommt. Er lächelte und schaute durch das Fenster hinaus auf die Straße. Ich sah ihn dabei an.

»Cool«, flüsterte ich.

Er grinste: »Diesen läppischen Scherz macht jeder. Du verstehst? Cool – läppisch, Lappland – Finnland.«

Ich musste tatsächlich lachen. Plötzlich fühlte ich mich munter, fast heiter.

Wir saßen an einem Ecktisch am Fenster. Joonas hatte mir aus der Jacke geholfen, sie an einen Garderobenständer gehängt, den Schal beinahe fürsorglich in den Jackenärmel gesteckt. Er hatte den Stuhl zurechtgerückt und gefragt, was er mir holen dürfe. Er war ganz anders als die Jungen, die ich kannte. Er quatschte kein dummes Zeug und linste mir nicht zu oft in die Bluse. Wenn er sprach, war jeder Satz überlegt, und immer lächelte er.

Joonas sagte, dass er Germanistik und Geschichte studieren werde, zurzeit eine Europareise mache und mich unbedingt kennenlernen wolle. Genau in dieser Reihenfolge. Er ließ mir keine Zeit zu antworten.

»Entschuldige mein Deutsch«, sagte er stattdessen.

Ich war überrascht. Aber ich fühlte mich nicht überrumpelt. Ich war stolz: ein Student, der sich für mich interessierte. Das könnte spannend werden.

»Du bist mir schon einmal aufgefallen«, redete er weiter.

»Du hast in der Stadtbücherei hinter einem Stapel Bücher gesessen und gearbeitet. Du warst ganz vertieft. Ich wollte dich ansprechen. Aber ich wollte dich auch nicht stören.« Ich räusperte mich und strich mir eine Haarsträhne aus der Stirn. »Ja, das kann schon sein«, sagte ich, weil mir nichts anderes einfiel.

Ich konnte mir ein Grinsen nicht verkneifen. *Ich habe dich schon mal in der Stadtbücherei gesehen.* Herrje!, dachte ich. Junge, mein Selbstbewusstsein ist schon im Keller und du kommst mir jetzt so. Ich weiß, wie ich aussehe, bin aber kein Büchereimäuschen.

»Komisch, dich habe ich nie gesehen.« Das war nicht gerade nett von mir.

»Schon klar. Warum solltest du auch? Wahrscheinlich stehst du nicht auf Leute, die so rumlaufen wie ich gerade.«

Joonas wischte mit einer lässigen Handbewegung an seinen Klamotten herum.

»Ich gebe nicht viel auf Klamotten«, log ich.

»So? Na ja. Ich habe nichts gegen ordentliche Kleidung. Außerdem hatte ich ein Bewerbungsgespräch. Ich suche einen Job.«

»Und?«

»Was meinst du?«

»Hat es geklappt? Hast du den Job?«

»Ich weiß nicht. Ich glaube nicht.«

»Das tut mir leid.«

»Schicksal«, sagte Joonas. »So konnten wir uns über den Weg laufen.«

Mein Bericht 08
- - - - - - - - - -
Als wir aus dem *Starbucks* kamen, war es schon fast dunkel.
Wir gingen nebeneinander her, liefen an meiner Bushalte-
stelle vorbei, und es war, als hätten wir in genau dieser
Sekunde eine Abmachung getroffen, einen Pakt geschlossen.
Ich stand vollkommen ruhig da, fühlte mich frei und ohne
jede Angst, bereit, alles zu akzeptieren, was mir dieser
Augenblick bot. Für mich begann etwas Neues. Auch etwas
Eigenes, das nur mir gehörte. Da war ich sicher. Ich weiß
nicht, woher ich das so genau wusste. Daher hatte ich
nur noch Joonas im Auge. Und der Bus kam und fuhr ohne
mich. An diesem späten Nachmittag trennten wir uns
nicht. Wir sind herumgelaufen und haben uns einfach nur
unterhalten.

Der Mond stand über der Stadt und der Dezemberhimmel war
längst über dem weißlichen Licht der Straßenbeleuchtung
verschwunden. In der Innenstadt ließen wir uns im Gedränge
und Geschiebe der Passanten treiben. Die Weihnachtsmärkte
verteilten sich wie Inseln über die Stadt. Glühweingeruch
und eine Dunstwolke aus Bratwurst, Waffeln und Anis stiegen
mir in die Nase. Joonas nahm meine Hand und zog mich eilig
durch die Fußgängerzone, bis er plötzlich stehen blieb.
»Wir könnten irgendwo hingehen, wo es ruhiger ist. Willst
du?« Er nickte aufmunternd.
In seiner Stimme klang so etwas wie Sehnsucht. Vielleicht
hatte er auch einfach keine Lust mehr, auf der Straße herum-
zulaufen. Er hielt meine Hand fest und zog mich weiter ins
Dunkel der Nacht. Ich dachte natürlich, er schleppt mich jetzt
zu sich nach Hause. Da kannte ich Joonas noch nicht.

Mein Bericht 09

Der See lag, obwohl mitten in der Stadt, ruhig und dunkel
vor uns, und Joonas sprach davon, wie schön es sein müsste,
jetzt mit einem Boot ...
»Hey«, platzte ein Junge mitten in den Satz. Keine Ahnung,
wo der herkam. Er war plötzlich da und er war nicht allein.
Aus dem Schatten tauchten noch zwei Jungen auf. Schwarze
geölte Haare, dunkle Augen, schwarze Wimpern.
»Hey, Mann, willst du was kaufen? Willst du rauchen?«, fragte
der Wortführer. Er sprach nur mit Joonas. Als existierte ich
nicht.
»Lass uns in Ruhe«, sagte ich. »Wir wollen nichts.«
Er überhörte mich einfach. Er streckte seinen Arm aus,
gerade so weit, dass er mich berührte. Ich fauchte ihn
an. »Willst du wirklich nichts kaufen, Mann? Hey, mit der
Tusse da kannst du nur zugedröhnt rumlaufen. Also los,
kauf was. Hier isses.«
Der Junge tippte sich an die Schläfe und machte mit dem
Zeigefinger kleine Kreise in der Luft, um uns zu bedeuten,
wir seien plemplem. Die beiden andern lachten.
»Okay?«, sagte der Junge fragend.
Ich zitterte leicht. Nichts war okay.
»Sieh sie dir an. Solche Leute kann ich nicht ausstehen«,
sagte Joonas. Er sprach ohne Aufregung in der Stimme und
in einem Flüsterton, den man deutlich hören sollte. Sein
Gesichtsausdruck hatte sich völlig verändert.
»Was für ein dreister Kerl!«, zischte er. »Kommt hierher,
spaziert herum und bietet Leuten Drogen an! Was denkt der
sich?«
Mir hätte es gereicht, jetzt einfach nur wegzugehen und die
fremden Jungen mit ihren Geschäftsideen allein zu lassen.

Vielleicht habe ich versucht, Joonas an die Hand zu nehmen, ihn wegzuziehen. Aber Joonas schob mich sanft beiseite. Er ließ sich nicht vertreiben, nicht von denen, nicht von mir. Und dann fing der Typ wieder an und quatschte drauflos. Der ließ nicht locker und packte Joonas am Arm. Joonas sagte etwas sehr leise zu ihm und deutete auf die Wiese in Richtung der Skulptur am See. Der Junge nickte und entfernte sich. Die beiden andern setzten sich auf eine Bank an der Freitreppe, zündeten Zigaretten an und behielten alles im Blick. Sie feixten und lachten, als Joonas den Mantel ablegte. Dann zog er den Pullover über den Kopf und drückte ihn mir in die Hand. Er knöpfte das Hemd auf, zog es aus und gab es ebenfalls mir. Darunter trug er ein schwarzes, kurzärmeliges Shirt. Auf seinem Oberarm hatte er eine Tätowierung. **F.E.A.R.** stand da. Ich war überrascht und auch verlegen, weil ich nichts verstand. Ich verstand nicht, warum Joonas sich halb auszog. Ich verstand nicht, was er wollte. Ich verstand seine Tätowierung nicht. Die Jungen fanden das alles zum Brüllen komisch.

Joonas griff in seinen Mantel, fummelte ein Paar Lederhandschuhe heraus und zog sie an. Mir stockte der Atem. Joonas drehte sich von mir weg und ging ohne Eile zu dem Jungen hinüber, der zwischen den Bäumen im Halbdunkel stand und wartete. Sie sagten etwas zueinander. Der Junge hob die Arme, stieß sie Joonas vor die Brust. Joonas' Fäuste flogen und der Junge fiel rückwärts gegen einen Baumstamm, prallte zurück und fiel aufs Gesicht. Ich weiß nicht, ob er geschrien hat. Ich glaube nicht. Joonas kniete halb auf ihm und schlug wieder zu. Dann noch einmal.

Joonas stand auf, streifte die Handschuhe ab und schob sie in den Bund seiner Hose. Er drehte sich auf dem Absatz um und schlenderte in meine Richtung. Von der Parkbank an der Freitreppe her kamen die beiden Begleiter des Jungen angelaufen. Sie schrien in einer fremden Sprache in Joonas' Richtung und rannten stolpernd zu dem reglosen Körper, der neben dem Baum lag.

Ich stand da, den Mantel über der Schulter, das Hemd und den Pullover zusammengepresst in den Händen, starrte Joonas an und fragte mich erschrocken, was da gerade passiert war. Das war keine Balgerei wie auf dem Fußballplatz oder ein Herumgeschubse unter übermütigen Jungen, das war auch keine Rauferei gewesen. Das hier war komplett anders.

Ich konnte mich kaum bewegen. Es war, als wäre eine magische Linie überschritten und jetzt klebte ich fest. Joonas sah mich an, während er sich anzog, das Hemd sorgfältig in die Hose stopfte, den Pullover glatt zog. Sein Gesicht drückte in diesem Moment nicht das aus, was ich erwartet hätte. Stolz. Eher das Gegenteil. Er wirkte unbeteiligt. Als sei der Kerl von eben bedeutungslos für ihn.

Später dachte ich einmal, Joonas ist wie einer von den Jungs, die sich morgens vor dem Spiegel Gel in die Haare schmieren, es zurechtschieben und dabei murmeln: »Ich bin böse. Ich bin so böse.« Aber da kannte ich Joonas noch nicht. Abgesehen davon, dass er sich nie Gel ins Haar schmierte. Das war vollkommen unnötig. Und das andere auch.

Joonas schenkte mir an dem Abend ein Lächeln, das jedem das Herz gebrochen hätte. Er kam mir vor wie eine Figur aus einer ausgedachten Geschichte, die plötzlich in Wirklichkeit vor mir stand. Ich habe kein anderes Wort dafür.

Ich wusste nicht, wer Joonas war, und ich küsste ihn mit einem Gefühl von Schwindel, das immer stärker wurde. Ich öffnete die Lippen und küsste Joonas heftiger. Ich ging auf ihn los und gleichzeitig ergab ich mich. Mein Herz klopfte. Lass uns abhauen. Durchbrennen. Jetzt sofort. Bring mich hier weg, Liebster.

Mein Bericht 10

Als ich später die Haustür aufschloss, sah alles aus wie immer, roch wie immer, fühlte sich an wie immer. Und doch war das Gefühl anders, weil alles anders war.
Meine Mutter hatte auf mich gewartet. Sie wollte, dass ich ihr mit dem Geschirr helfe, und drückte mir ein Geschirrtuch in die Hand. Ausräumen, einräumen, Gläser blank putzen. Ich tat es einfach. Diese schlichten Handgriffe hatten etwas Beruhigendes.
Mama wollte reden. Sie musste über Torsten reden, über sich, über Papa, über den Morgen, als ich sie erwischt hatte, und über alles andere. Aber ich wollte nicht darüber sprechen. Ich sagte ihr das. Umso entschlossener schnappte ich mir das Geschirrtuch und begann, die Spülmaschine auszuräumen.
Sie wischte über die Arbeitsplatte. Fast tat sie mir leid. Und wieder fing sie von Torsten an. Doch was interessierte mich Torsten? Ich kam ihr zuvor, erzählte von Joonas und ich ließ kaum etwas aus.
»Er hat sich geprügelt?«
»Ich habe es doch schon erzählt. Die Jungen wollten uns unbedingt irgendein Zeug verkaufen, Shit oder Meth. Einer war penetrant, aufdringlich, quatschte uns blöd von der Seite an. Boxte, drängelte. Joonas hat es ihm gezeigt. Aber das war nicht der einzige Grund.«
»Kann es überhaupt einen Grund geben, jemanden einfach so zu verprügeln?«, unterbrach sie mich superpädagogisch.

»Ich glaube, es hat was mit Grundsätzen zu tun«, erwiderte
ich. Und es flackerte so ein kleiner Stolz in mir auf.
Mama suchte nach Worten. »Und deshalb verdrischt er ihn?
Verstehe ich das richtig? Weil er Grundsätze hat?« Ihre
Stimme wurde etwas schrill, während sie gleichzeitig den
Kopf schüttelte. »Er prügelt sich, wenn er angepöbelt
wird?«
»Kann schon sein. Er verteidigt sich. Und mich auch. Das
ist doch sein gutes Recht.« Ich sagte das mit viel Trotz in der
Stimme. Das trieb Mama gewöhnlich in die Verzweiflung.
Und es funktionierte wieder: Ihr Mund war leicht geöffnet,
ihr Gesicht blass. »Bist du komplett irre? Dieser Joonas
ist ein blindwütig prügelnder Spinner, der Selbstjustiz übt.
Willst du mir das erzählen? Mit so einem kannst du un-
möglich befreundet sein!«
Ich ließ den Kopf sinken. Wenn ich ihr einen Schrecken
einjagen wollte, dann war mir das gelungen. Aber ab jetzt
würde es endlos.
»Du warst nicht dabei«, sagte ich. »Du kannst es nicht
wissen. Und du kennst Joonas nicht.«
»Entschuldige bitte. Aber du hast mir doch gerade erzählt ...«
»Trotzdem.«
Ich hätte ihr das nie erzählen sollen. Nicht so. Es waren
Dinge passiert, die nur ich verstehen konnte. Und die auch
nur mich etwas angingen. In meinem Kopf hatte alles ge-
stimmt. Aber als meine Mutter darüber sprach, sah es anders
aus. Ich ärgerte mich über mich selbst, fast so, als hätte
ich Joonas verraten. Oder einen Teil von mir selbst.
Ich sah meine Mutter an. Ich stemmte mich innerlich gegen
sie.
»Trotzdem«, wiederholte ich. »Ich schäme mich nicht für
meine Freunde.«

»Was soll das denn jetzt? Bist du übergeschnappt?«
»Was das heißen soll? Dass meine Freunde sich nicht im
Morgengrauen ins Haus schleichen. Das soll das heißen.«
Mama fing sich erstaunlich schnell.
»Das sind doch wohl zwei Paar Schuhe.« Ihre Stimme war
fest und nachdrücklich. Ihre Augen blitzten.
»So? Meinst du?«, erwiderte ich. »Ich lasse mich nicht
herumschubsen. Und dein Torsten verarscht mich nicht mehr.«
Das war der Augenblick, in dem ich merkte, dass mein
Vater in der Tür stand. Ich hatte keine Ahnung, wie lange
schon. Ich stand auf, schob mich an ihm vorbei und lief
in mein Zimmer hinauf.

Tampere, Finnland – Sonntag, 22. Juni – 17:30 Uhr
Artur Kekkonen klappt den Laptop zu und erhebt sich von seinem Stuhl. Er streckt seine Hand aus, um Michaela Sommerhage, Claras Mutter, zu begrüßen. Ihre Blicke begegnen sich.
»Frau Sommerhage, ich danke Ihnen, dass Sie sich die Zeit
nehmen, mit mir zu sprechen.«
»Das ist doch das Mindeste. Auch wenn ich nicht verstehe,
warum Clara noch hierbleiben soll. Und warum hat man sie
überhaupt in diese abgelegene Gegend gebracht?« Ihre Stimme klingt sanft und fordernd zugleich. »Als ich gestern bei ihr
war, war sie so ... abweisend zu mir. Sie klang kühl und vor-
wurfsvoll, fragte sogar, warum ich überhaupt gekommen sei,
ich solle sie doch einfach in Ruhe lassen. Fast hätten wir gestritten. Gut, ich gebe zu, wir hatten unsere Differenzen, aber
das hier ist doch eine völlig andere Situation. Clara braucht
mich jetzt.« Sie spricht einige Minuten über Clara. Dann sagt
sie: »Das ist alles absoluter Blödsinn. Brandstiftung – wie stellen Sie sich das vor? Clara ist überhaupt nicht fähig ...«

Artur ist beeindruckt. Frau Sommerhage ist keine Mutter, die ihre Hände in den Schoß legt. »Wie ich Ihnen bereits erklärt habe«, sagt er. »Clara ist eine wichtige Zeugin, sie ...«
»Ich bitte Sie, das ist doch nicht alles!«, unterbricht ihn Frau Sommerhage. »Langsam bekomme ich den Eindruck, Sie wollen mich absichtlich heraushalten! Schon Ihr Verwirrspiel, als ich in Finnland ankam und meine Tochter regelrecht suchen musste. Die reinste Verzögerungstaktik. Halten Sie mich nicht für ...«
»Das tut mir wirklich leid, Frau Sommerhage, die Absprachen waren tatsächlich ungenau. Ein Missverständnis. Ich bedaure die Unannehmlichkeiten während Ihrer Reise. Manches liegt nun mal nicht in meiner Macht.«
»Wann kann ich meine Tochter mit nach Hause nehmen? Ich möchte jetzt zu ihr.«
Kekkonen hebt beschwichtigend die Hand: »Selbstverständlich. Bitte lassen Sie uns vorher noch über etwas anderes sprechen. Clara soll mir dabei helfen, etwas zu verstehen. Ihre Tochter soll noch eine kleine Weile hierbleiben und für uns einen Bericht schreiben. Es geht nicht nur um das Feuer. Es geht um ...«
»... diesen Neonazi-Bengel Joonas Turunen, ist es nicht so? Und glauben Sie nicht, ich wüsste nicht, dass er der Sohn dieser Ministerin ist. Es ist mir egal.«
»Wie sagten Sie: Neonazi-Bengel? Ich weiß nicht, ob er wirklich einer ist. Aber bitte helfen Sie uns. Unterstützen Sie Ihre Tochter.«
»Wobei?«
»Licht ins Dunkel zu bringen. Helfen Sie mir dabei. – Wann haben Sie den Eindruck gewonnen, dass Joonas ... radikale Ansichten hat?«
Michaela Sommerhage überlegt.

»Ich weiß es nicht genau«, sagt sie. »Ich fand ihn von Anfang an seltsam. Meine Tochter lernte ihn kennen und schon am ersten Abend hatte er eine Prügelei wegen einer Lappalie. Wie Clara es erzählte, schien es, als sei Gewaltanwendung für den Jungen die normalste Sache der Welt. Und für sie schien es plötzlich auch normal zu sein. Das passte überhaupt nicht zu ihr. Clara ist ein besonnenes und geradezu pazifistisches Mädchen. Da war mir klar, dieser Junge ist gefährlich. Er tat und tut meiner Tochter nicht gut.«

Artur Kekkonen hört einen Unterton in ihrer Stimme. Er hakt nach: »Wann haben Sie Joonas kennengelernt?«

»Einige Zeit später. Es gab sofort eine Auseinandersetzung. Er provozierte. Es fielen auch rechte Sprüche.«

»Was haben Sie unternommen?«

»Ich habe versucht, mit meiner Tochter zu reden. Aber sie war völlig vernarrt in den Jungen. Joonas sieht ziemlich gut aus. Und er ist nicht dumm. Nett, charmant, weltgewandt. Aber ich selbst fand keinen Draht zu ihm. Er war immer so – unterkühlt, distanziert. Beinahe abweisend. Zu Clara nicht. Ich glaube, Clara hat er wirklich gemocht.«

»Aber Sie ihn nicht?«

»Seinen Charme? Sein Lächeln? Meine Güte, das waren doch alles Mätzchen. Das reinste Schauspieler-Repertoire. Ganz ehrlich: Ich hatte andere Probleme. Wir waren in einer schwierigen Phase, mein Mann und ich. Wir trennten uns, und ich war dabei, auszuziehen, oder ich war schon ausgezogen. Joonas war daran nicht ganz schuldlos. Es gab einen Überfall auf einen guten Bekannten von mir. Er wurde zusammengeschlagen. Ich dachte, Joonas steckt dahinter. Aber die Polizei ermittelte und bewies seine Unschuld. Zweifelsfrei, wie es hieß. Na ja.«

»Trotzdem sind Sie überzeugt, dass er rechtsradikale Ansichten hat?«

»Clara hat mir vorgeworfen, dass ich von Anfang an voreingenommen gegen Joonas war. Vielleicht stimmt das, doch aus gutem Grund, denke ich.«

»So?«

»Wissen Sie, ich sitze jetzt hier und breite mein Leben aus, als ob ich mich für etwas entschuldigen müsste. Aber ich habe mir das nicht ausgesucht. Ich habe mir Joonas nicht ausgesucht. Er hat sich in unser Leben geschlichen und meine Tochter hat das zugelassen. Das ist eine sehr persönliche Ebene. Aber ich bin nicht alleine hier. Ich habe jemanden mitgebracht, der Joonas Turunen sehr gut kennt. Er wird meine Einschätzung bestätigen. Lutz Wagner ist Journalist und hat verdeckt unter deutschen Neonazis recherchiert. Joonas ist ihm in der Szene über den Weg gelaufen.«

»Dann soll er eine Aussage machen. Wir nehmen sie zu Protokoll. Danach sehen wir weiter. Wann haben Sie ganz persönlich gemerkt, dass Joonas ....«

»Hören Sie auf! Ich will keine Fragen mehr beantworten. Ich will jetzt meine Tochter sehen – und morgen nehme ich sie mit nach Hause.«

»Sie können Ihre Tochter sehen, sooft Sie möchten. Aber ich bitte Sie, abzuwarten, was Clara für uns aufschreibt, bevor Sie sie mit nach Deutschland nehmen. Das ist sehr wichtig für uns.«

»Ich möchte lesen, was Clara schreibt!«

Kekkonen hat damit schon gerechnet. Ihn wundert höchstens, dass sie es jetzt erst verlangt.

»Sollten wir nicht Clara fragen, ob sie damit einverstanden ist?«

»Hören Sie mal, ich bin ihre Mutter! Und noch ist Clara nicht volljährig.«

»Nun gut, es ist Ihre Entscheidung.«

Artur Kekkonen klappt den Laptop auf. »Das hier ist Claras letzter Eintrag. Sie hat ihn heute geschrieben, Sie können sich auch ältere Einträge ansehen. Ich lasse Sie allein.«

Mein Bericht 11

Es war mir gelungen, sieben Stunden lang nicht an Joonas zu denken. Allerdings hatte ich davon sechseinhalb Stunden geschlafen. Die restliche halbe Stunde verbrachte ich mit Duschen, Anziehen und fünf Minuten Schweigen am Tisch, während Mama sich an einer Tasse Kaffee festhielt. Sie hatte verheulte Augen. Bevor ich ging, sagte ich, dass ich den Nachmittag wie an jedem Donnerstag in der Stadtbücherei wäre, weil ich an meinem Referat arbeiten müsste.
Mama nickte nur stumm.
»Ich bin mit Joonas verabredet«, fügte ich hinzu. Den Türgriff hatte ich schon in der Hand.
»Was macht dieser Joonas denn sonst so?«, fragte Mama.
»Wenn er ...« – sie suchte nach Worten. In meinem Kopf vervollständigte ich den Satz: ... gerade keine Jungs verprügelt.
»Wir sollten uns nicht streiten. Wir sollten uns wie Erwachsene benehmen. Vielleicht können wir ihn kennenlernen?«
Ich hatte keine Lust zu streiten. »Mal sehen«, sagte ich.
»Wir möchten mehr über ihn erfahren. Was er so macht. Du weißt schon. Vielleicht hat er ja interessante Hobbys?«
Jetzt war ich auf der Hut. Sie ließ nicht locker. Immer diese Fragezeichen am Satzende.
»Es war übrigens Papas Idee, das mit dem Kennenlernen.«
Sie hielt den Kaffeelöffel in der Hand. Wie ein Messer, schoss es mir durch den Kopf. Sie konnte richtig ätzend sein.
Jeder Satz ein Stich.

»Du hast die Wahl«, sagte sie.

Hatte ich eine Wahl?

Ich machte die Tür zu. »Dann grüß Torsten mal schön.«

Das Letzte sagte ich leise und mehr zu der geschlossenen Tür.

Fast wären mir die Tränen gekommen, weil das Gegenteil

von dem passierte, was ich wollte.

Ich musste an Papa denken, wie er gestern so plötzlich in

der Tür gestanden hatte. Er hatte erschrocken ausgesehen,

und ich fragte mich, ob er ahnungslos gewesen war. Ich

vermute, er hatte in seinem alten Büro im Untergeschoss

geschlafen. Hatte er aufgegeben? Hatte meine Mutter

Torsten Meyer schon ewige Treue geschworen? Mir wurde

übel. Auch weil ich an Weihnachten dachte. Noch knapp

zwei Wochen. Der reinste Horror. Bis dahin musste sich doch

etwas ändern lassen.

Ich war spät dran. Die Luft draußen war dick wie Milchsuppe.

Komisch. Gestern Sonnenschein und heute Nebel.

Mein Bericht 12

Der Laptop hing wie ein Mühlstein an meiner Schulter.

Meine Tasche flog auf den Sitz und ich zwängte mich auf die

Bank zwischen der strahlenden Vera und der wie immer

schlecht gelaunten Steffi.

Mit Steffi und mir war das so eine Art Auf-immer-und-ewig-

Hassliebe. Kompliziert. Miteinander konnten wir nicht und

ohneeinander ging auch nicht. Schon im Kindergarten waren

wir uns über den Weg gelaufen. Mit ihr hätte ich gerne mal

über das Thema Freundschaft gesprochen. Aber wir waren ja

keine Freundinnen. Vor ungefähr zwei Jahren hatte es einen

ziemlich hässlichen Krach zwischen uns gegeben. Dabei hatte ich

mich an dem Abend auf der Party unglaublich lebendig gefühlt.

Es war so eine Jungengeschichte, die an dem Abend passierte, und es hatte ziemlich übel zwischen Steffi und mir geknallt. Eigentlich völlig unbedeutend. So sehe ich das heute. An dem Abend aber nicht. Wir waren uns eine Zeit lang aus dem Weg gegangen und jetzt stand das alles immer noch unausgesprochen zwischen uns.

Mit Vera, mit der ich über alles reden konnte, hatte ich nicht darüber gesprochen. Steffi war nämlich total beliebt. Dieses Schmollen und Angiften zog sie nur mit mir durch. Sie war Mittelpunkt und Nachrichtenzentrale. Ihr Kleiderschrank gab auch mehr her als meiner. Nur angesagte Klamotten. Dafür jobbte sie.

»Du hast gut reden«, hatte sie mich mal angeblafft. »Ihr schwimmt im Geld. Du könntest alles haben. Aber du bist hier die Uncoole.«

Das war ihr wunder Punkt und ich hatte ihn wieder getroffen. Ohne es zu wollen.

Der Bus hielt an.

»Warum schleppst du dich mit dem Teil ab?« Vera deutete auf meine Tasche mit dem Laptop.

Steffi saß auf ihrem Fensterplatz, zog die Stirn kraus und machte einen schiefen Mund. Sie hielt mich sowieso für eine Streberin. Sie selbst kriegte nie besonders viel auf die Reihe. Dafür hasste sie mich. Dafür und für diese andere Geschichte. Alles, was ich tat, schien sie anzuöden.

Vera war wie immer der kichernde blonde Sonnenschein.

»Sag doch schon.«

»Bücherei«, sagte ich so knapp wie möglich.

Steffi drehte mir ruckartig ihr Gesicht zu. »Herrje. Deine Laune möchte ich nicht haben.«

»Keine Angst. Ist nicht ansteckend.«

»Sicher?«

»Klar.«

»Hast du nicht mal was Lustiges?«

»Mir passieren keine lustigen Sachen, Steffi. Nur Katastrophen.«

Endlich ein Grinsen. Wenn auch nur ein äußerst sparsames.

»Jaja. Träum weiter. Sag schon, warum schleppst du den Laptop mit dir rum?«

Der Bus fuhr an.

»Die Geschichtsarbeit. Du weißt doch.«

Steffi interessierte das nicht die Bohne. Es widerte sie an. Ich konnte es sehen. Sie lehnte ihren Kopf gegen die Scheibe und grinste in den Nebel draußen.

Vera sagte gedehnt: »Ach die. Über diese komischen Jugendlichen. Dass dir das nicht langweilig wird.«

Es interessierte auch sie nicht, aber sie blieb höflich.

»Torsten Meyer ist ja ganz begeistert. Stimmt es, dass du am Geschichtswettbewerb teilnehmen sollst?«

Steffi grunzte sofort los: »War ja klar. Clara war schon immer etwas Besseres.«

»Och«, machte ich und ignorierte Steffi so gut es ging. Ich machte eine klitzekleine Pause. »Ich habe heute Gesellschaft. Er heißt Joonas.« Ich klopfte auf meine Tasche.

Ich konnte es einfach nicht lassen. Das war genau die Nachricht, die Steffi brauchte, um ihre Stirn ruckartig von der Scheibe zu lösen und in meine Richtung zu drehen.

»Echt jetzt? Sag bloß, du hast einen Jungen aufgegabelt?«, kreischte sie los und rückte näher, gespannt auf weitere Einzelheiten.

»Und? Na, sag schon! Was macht er?«

Ich fand es kindisch. Aber ich machte mit. »Er studiert. Und nebenbei jobbt er. Er macht was mit Computern. Systemadministrator.«

Ich wusste, dass ich übertrieben hatte, aber das war mir egal.

Steffis Augenbrauen gingen hoch. »Oh. Er ist schon groß. Sieh mal einer an.«

»Ja«, tat ich begeistert. »Und stell dir vor: Er ist Ausländer.«

»Cool. Das war ja klar. Deine Eltern sind ja so tolerant.«

Blöde Kuh, dachte ich und sagte: »Er ist Finne.«

Noch zwei Haltestellen bis zur Schule. Steffi wurde hektisch. Sie musste alles erfahren. Bis zur großen Pause wüsste die ganze Stufe Bescheid. Darauf konnte ich mich verlassen. Was würde erst los sein, wenn Steffi Mamas Affäre mit Torsten herausbekam? Die Abschiedsparty eines behüteten Lebens, meines Lebens, nahm Gestalt an. Ich fühlte mich schön, witzig, klug und – ja, ich gebe es zu – interessant und begehrt.

Mein Bericht 13
- - - - - - - - -

»Keiner jazzt so koscher wie Benny Goodman.« Das ist mein absoluter Lieblingssatz in meinem Referat. Eigentlich schrieb ich nicht über Benny Goodman. Aber er gehörte dazu, seine Musik, der Swing.

Das muss man sich mal vorstellen: Drittes Reich, die Nazis, Hitler. Auf der Straße übte Deutschland das Marschieren. Beinahe jeder trug eine Uniform, war in der Partei, in der Hitlerjugend, beim Jungvolk. Und gleichzeitig trafen sich Jugendliche an geheimen Treffpunkten, in illegalen Clubs, und gaben sich englische Vornamen, redeten sich an mit Billy, Bobby, Teddy, Tommy, Lord und Hot Geyer. Die Mädchen nannten sich Blacky, Micky, Coca, nur nicht langweilig normal. Ein »Swing« zu sein bedeutete, lässig zu sein, frei. In den Augen der Nazis führten sie ein Lotterleben. Einer

der Swings schrieb an einen Freund: »Dass du mir Kiel auch
würdig vertrittst, also ganz lässig, ewig englische Schlager
singend und pfeifend, total besoffen und immer umwiegt
von den tollsten Frauen.«
Sie wollten von den Nazis in Ruhe gelassen werden und
drückten sich vor den Zwangsdiensten, hassten die Phrasen,
trieben sich herum und feierten ihre Partys. Darüber
schrieb ich mein Referat: über ihre andere Kleidung, ihren
andern Haarschnitt, ihre andere Lebenseinstellung. Und
ich schrieb auch darüber, dass die meisten Swing-Kids im Ge-
fängnis, im KZ oder an der Front starben.
Jetzt überarbeitete ich meinen Text über die Swing-Kids,
gab ihm den letzten Schliff. Ich tippte in meinen Laptop,
als sich Joonas zu mir setzte. Er sagte »Hey, Clara« so nahe
an meinem Ohr, dass ich seinen Atem spürte. Ein warmer
Schauer lief mir über den Rücken. Am Vormittag hatte sich
die Sonne durch den Nebel gekämpft. Jetzt strahlte sie
von einem unglaublich blauen Himmel. Ich sah das makellose
Blau durch die großen Fenster der Bücherei und hatte sofort eine Ahnung von der Eiseskälte und der klaren Luft da
draußen.
Joonas hatte sich ganz nah neben mich gesetzt und ich fühlte
seine Nähe. Er schob seine Sachen neben meine auf den Tisch,
einen Leitz-Ordner und ein paar Bücher. Auf dem Deckel
des grauen Ordners stand: LoLa. Zwei große L. Er schaute auf
meinen Laptop.
»Benny Goodmann? Du schreibst über Jazz?«
»Nein, eigentlich nicht. Es geht um die Swing-Kids, die sich
gegen den Nationalsozialismus, gegen Hitler gestellt haben.
Schularbeiten, sozusagen.«
»In Deutschland habt ihr ein so schönes spezielles Wort
dafür: Vergangenheitsbewältigung. Ich frage mich nur: Wozu

soll das gut sein, dieses endlose Herumstochern in der Vergangenheit? Ich denke, das stört nur. Stattdessen sollte man besser nach vorne schauen.«

»Was ist denn daran falsch, sich mit der Geschichte auseinanderzusetzen? Außerdem finde ich die Swing-Kids cool, sie haben sich nicht weggeduckt, sie sind in den Untergrund gegangen und haben was gemacht!«

Joonas meinte:»Diese Swing-Kids sind bestimmt coole Typen. Nur auf der falschen Seite. Vielleicht auch ein bisschen feige, wie diese Flüchtlinge, die heutzutage aus vielen Ländern einfach abhauen, statt in ihrem Land zu kämpfen. Sie sollten für ihr Land kämpfen, wenn es bedroht ist. Oder für bessere Lebensverhältnisse. Daran ändern sie nichts, wenn sie uns hier auf die Pelle rücken.«

Joonas zuckte mit der Schulter und fummelte an seinem Ordner herum. Seine Antwort klang für mich wie aus weiter Ferne. Was hatte er da gesagt? Die Swing-Kids auf der falschen Seite? Das konnte er unmöglich so gemeint haben. Mit solchen Aussagen wollte er bestimmt nur provozieren. Ich suchte nach einem andern Thema, wollte die Verbindung zwischen ihm und mir nicht einfach abreißen lassen.

»LoLa?« Ich zeigte auf den Ordner.»Die Akte deiner Freundin Lola?«

Sein spöttischer Blick gab mir einen Stich. Ich hatte doch nur versucht, einen Scherz zu machen. Ein bisschen verliebtes Herumalbern. Aber offenbar hatte ich mit meinem Scherz einen empfindlichen Punkt getroffen.

Joonas rückte näher an mich heran, legte seinen Arm um mich. Ich hielt den Kopf schief wie ein Hündchen, das darauf wartet, gestreichelt zu werden. Am liebsten hätte ich meinen Kopf an seine Schulter gelegt. Mich ausruhen, nah bei ihm sein. Das wollte ich. Nichts anderes.

»LoLa«, sagte er eindringlich, »ist keine Freundin,
kein Mädchen. Es ist eine Idee, ein Plan. Ein großer Plan.«
Er griff in den Ordner und zog ein Foto heraus, das er
behutsam vor mich legte. »Es geht um die hier.«
Die Fotografie war alt, fleckig, schon bräunlich gefärbt und
am gezackten Rand verblasst. Sie schien mehrfach gefaltet
worden zu sein. Eine Ecke war eingerissen. Ein Gruppenfoto.
Fünf Männer waren zu sehen. Sie trugen Uniformen, Stiefel.
Zwei waren bärtig. Alle grinsten oder lachten. Zwei trugen
eine Soldatenmütze. Ich wusste nicht, was ich mit diesem
seltsamen Foto anfangen sollte.
»Diese Männer sind unsere Zukunft. Sie werden uns helfen,
Europa zu schützen, nach außen und nach innen.«
Ich schnappte nach Luft und sagte in einem sanften Ton:
»Das ist ein sehr altes Foto, Joonas. Glaubst du denn, diese
Männer leben noch? Wie können sie uns helfen? Wie soll
das gehen?«
»Die Männer sind tot, aber ihre DNA wird uns retten.«
Meinte er das ernst? Das waren große Töne. Ich lachte leise
auf, konnte es mir einfach nicht verkneifen.
Joonas lachte nicht mit. »Es ist ganz einfach«, sagte er,
»diese Männer hatten eine wertvolle DNA, sie waren weiße
Europäer in Reinkultur, noch nicht vermischt mit dem
Erbgut außereuropäischer Völker.«
Am liebsten hätte ich laut losgelacht. Die Rettung des
europäischen Mannes durch Nachzüchtung. Du Spinner, wollte
ich sagen. Doch als ich Joonas' fordernden, lauernden Blick
sah, biss ich mir auf die Lippen. Ich starrte in sein Gesicht,
weil ich auf ein versöhnliches Zeichen hoffte.
Joonas sah mich einfach nur an. »Du hast offenbar keine
Ahnung.«
»Dann klär mich doch auf.«

»1915, Erster Weltkrieg«, begann er. »Das Foto ist eine
Aufnahme aus dem *Lockstedter Lager*. Die Abkürzung
ist LoLa. Das liegt hier in Deutschland, in der Nähe
von Itzehoe, Schleswig-Holstein. Diese Männer waren
dort und haben die *Finnische Armee* gegründet.«
»Ja, okay, aber das ist hundert Jahre her. Und das hier
ist nur ein Foto. Was hast du damit vor? Heute oder morgen.«
»Du erinnerst dich an deinen Biologieunterricht, an Gregor
Mendel und die Vererbungslehre?«
»Mendel, der Erbsenzähler?«
Auch das fand Joonas nicht witzig. »Mendel hat die Grund-
lagen der Genetik formuliert, so um 1850. Darwin schrieb
noch an seinem Buch *Über die Entstehung der Arten*, da führte
Mendel schon systematische Kreuzungsexperimente durch.
Er hat die Bedeutung der Gene bewiesen. Seine Erkenntnisse
stützten Darwins Selektionstheorie ganz eindeutig.«
Joonas wusste eine Menge über das Klonen, die DNA, die
Genetik. Und er schleppte Bücher als Beweise heran.
Es amüsierte mich, obwohl ich wusste, dass ich mich nicht
amüsieren sollte. Bei dem Satz »Und 1996 kam Dolly«
musste ich mich echt zusammenreißen.
Joonas hielt mir einen richtigen Vortrag: »Die Japaner
haben Noto, die Kuh, geklont. Nur fünf Jahre später gab es
schon Hunderte Notos. Hannah, die geklonte Ziege, wurde geboren. Kurz darauf Prometa, die erste geklonte Stute
in Italien. Die Schotten wollen jetzt Schweine klonen,
die Franzosen Kaninchen. Aber die Amerikaner sind die
Besten. Innerhalb von nur zehn Jahren waren sie fähig,
Mäuse, Ratten, Katzen, Ziegen, Ochsen, alle möglichen Säugetiere zu klonen. Sogar einen Affen, der heißt Tetra. Einen
Primaten. Verstehst du?«
Joonas sah mich erwartungsvoll an.

»Irgendwie unheimlich«, sagte ich. War das die richtige
Antwort?

Seine Augen funkelten.

»Haben die alle so drollige Namen?«

Völlig falsche Bemerkung.

»Clara, begreif doch! Säugetiere, Primaten! Genauso gut
können es Menschen sein. Heute ist es gar kein Problem
mehr, Menschen zu klonen.«

»Das hast du doch nicht echt vor! Nicht in Wirklichkeit! Das
ist doch ...«

»*Groß* ist das.« Joonas war hingerissen. »Du wirst schon
sehen. Die ganze Welt wird es sehen.«

Ich war entsetzt und fasziniert zugleich. Seine Begeisterung
elektrisierte mich und stieß mich ab. Aber nur einen
Augenblick, dann versank ich in seinen Augen. Joonas strich
mir vorsichtig und zärtlich eine Haarsträhne aus dem Gesicht. Er sprach leise, fast vorsichtig weiter. So, als müsse er
die Sätze in diese leise zärtliche Geste einbinden. »Ich
will unsere Kultur retten. Meine kulturelle Heimat ist Europa.
Ich bin kein Ausländerhasser, aber ich liebe meine Heimat.
Wir haben in Europa eine leistungsstarke Kultur und die will
ich verteidigen. Ich bin in meine Kultur hineingeboren
und meine Kultur ist im Kern unveränderlich. Und es müssen
Schranken her. Schützende Schranken. Für andere Kulturen
von mir aus auch. Jede Kultur soll unter sich bleiben. Ich
bin gegen Masseneinwanderung. Die, die von außerhalb hier-
herkommen, haben eine andere Kultur. Die passen nicht
hierher.«

Von dem, was Joonas mir dann erzählte, begriff ich
kaum etwas. Aber ich dachte, während er meinen Ärmel hoch-
schob und sanft meinen Arm streichelte, wie schön es
war, dass Joonas mir seine geheimsten Gedanken anvertraute.

In dem Augenblick kam die Durchsage, dass geschlossen würde. Er berührte noch einmal meinen Arm, umarmte mich. »Es war schön«, murmelte ich. »Ich höre dir so gerne zu, Joonas.«

Tampere, Finnland – Sonntag, 22. Juni – 18:50 Uhr
Artur Kekkonen sieht aus dem Fenster. Diesen Ausblick kennt er genau. Er hat beide Hände in den Hosentaschen und beobachtet den leeren Parkplatz der Polizeihochschule. In Gedanken ist er bei Claras neuestem Eintrag, den er gerade gelesen hat. Sortenreine Europäer, was für ein Schwachsinn, denkt er. Dieser Junge ist eine Zeitbombe. Ist Clara wirklich so naiv?

Es klopft, und Michaela Sommerhage schiebt die Tür so langsam und vorsichtig auf, als hätte sie sich im Zimmer geirrt. Er hört, wie die Tür sanft in das Schloss fällt.

»Ich hätte gern mit Clara über das geredet, was sie da über mich, über unsere Familie geschrieben hat«, sagt sie. »Aber sie wollte nicht mit mir sprechen. Ich musste dann erst mal allein sein. – Was versprechen Sie sich von diesem Bericht, Herr Kekkonen? Brauchen Sie Clara, damit das Ministersöhnchen eine weiße Weste behält? Was Clara schreibt, sind doch völlig private, intime Dinge.« Claras Mutter stehen Tränen in den Augen.

Das hat Artur kommen sehen.

»Ich sagte es Ihnen doch. Wir wollen Licht in das Dunkel bringen. Clara weiß, dass ich mitlese. So ist die Vereinbarung. Sie schreibt nur das, was sie schreiben will, und Ihre Tochter ist ehrlich bemüht. Sie ermöglicht uns, dass wir uns ein Bild machen. Es geht nicht darum, etwas zu vertuschen.«

»Wollen Sie uns vorführen? Als gestörte Familie? Als schwieriges Elternhaus?«

»Sie sind empört? Das ist Ihr gutes Recht. Sie sollten mir trotzdem zuhören. Ich möchte es Ihnen erklären. Es ist für uns nicht von Interesse, ob Sie als Eltern eine Zeit lang mit sich beschäftigt waren und nicht bemerkten, dass Ihre Tochter nicht einverstanden war. So einzigartig sind Ihre Probleme nicht. Das ist doch sogar eher der Normalfall.«

Michaela Sommerhage lässt sich auf einen Stuhl fallen. Sie sieht müde aus.

»Also gut. Was ist für Sie so wichtig an Claras Bericht?«

»Ich will herausfinden, was genau passiert ist. Wie die beiden hierhergekommen sind, mit wem und vor allem: warum. Ich will wissen, was dieser Joonas für ein Junge ist, was er im letzten Jahr getan hat und was genau er vorhat. Es gibt niemanden, der uns dabei so sehr helfen kann wie Ihre Tochter. Also: Meine Frage war, aus welchem Grund Sie persönlich Joonas Turunen für einen Neonazi halten.«

»Warum zweifeln Sie noch? Sie haben es doch auch gelesen, dieses LoLa-Zeug. Das ist doch absurd und krank. Wie kommt man auf so etwas? Aber davon habe ich bis heute nichts gewusst. Sie müssen Clara fragen. Sie weiß bestimmt noch viel mehr über das Gedankengut, mit dem dieser Turunen sich beschäftigt. Vielleicht wird sie es Ihnen erzählen.«

»Das hört sich vernünftig an. Und bis dahin unternehmen Sie bitte nichts auf eigene Faust. Können wir uns so einigen?«

»Ich möchte, dass Sie mich auf dem Laufenden halten. Wenn hier etwas vertuscht werden soll, gehe ich an die Öffentlichkeit, das sage ich Ihnen vorweg. – Heute ist viel passiert. Ich bin erschöpft.«

»Das verstehe ich. Kommen Sie her, wann immer Sie möchten.«

Tampere, Finnland – Montag, 23. Juni – 08:15 Uhr
Artur Kekkonen steht am Waschbecken und schaufelt sich kaltes Wasser ins Gesicht. Im Spiegel sieht er sein nasses, müdes Gesicht. Er hat kaum geschlafen, aber er ist zufrieden. Er hat es geschafft und dabei kaum gelogen. Leise sagt er zu sich selbst:»Artur, natürlich soll hier etwas vertuscht werden. Aber ich will erst mal rausfinden, was. Und dann sehen wir weiter.« Er trocknet sich ab und geht zurück ins Büro. Vor dem Monitor wartet Grenberg mit einem breiten Grinsen. Auf seinem Schreibtisch steht ein Teller mit belegten Broten. Artur Kekkonen grinst zurück. Aber nur kurz.

»Seppo, was hat man euch eigentlich beigebracht? Frau Sommerhage ist nicht allein hier. Sie reist mit einem Lutz Wagner durch die Gegend, der ein wichtiger Zeuge sein kann. Er ist Journalist. Warum weiß ich nichts davon?«

»Wagner? Das ist ein Milchgesicht, ein Nerd. Journalist? Da lach ich mich tot! Dieser Kerl geht bei den deutschen Neonazis ein und aus und vertreibt Berichte darüber im Internet. Der ist deren Sprachrohr!«

»Seppo, ich will mit ihm sprechen, und ich will wissen, was er hier treibt.«

Grenberg ist schon am Telefon. Artur Kekkonen streckt die Beine aus und beißt in ein Käsebrot.

»Und dann will ich alles über dieses Lockstedter Lager wissen. LoLa. Diese DNA-Geschichte, von der Clara schreibt, ist völlig bizarr. Ist Joonas Turunen verrückt? Was meinst du?«

»Na ja. Es ist nicht strafbar, dummes Zeug zu fantasieren. Auch wenn Anders Behring Breivik ähnliche Ideen hatte. Du erinnerst dich an dessen Hass auf Moslems und auf Frauen? War Breivik verrückt? Der Rassenwahn der Nazis, der Holocaust? War das verrückt?«

Artur Kekkonen weiß, worauf Grenberg hinauswill. Das

Gefährliche an Wahnideen ist, dass sie schnell in Terror münden. Was uns einfach nur »verrückt« erscheint, kann bitterernst werden, kann Menschenleben vernichten.

Wer ist Joonas? Begabt, nett, eloquent, fürsorglich, intelligent. Und er hat ein paar rechtsradikale, ausländerfeindliche Ansichten. Das haben viele in der Bevölkerung, wenn man ihnen mal auf den Zahn fühlt. Ob Joonas gefährlich ist, dafür gibt es bisher keinen konkreten Beweis. Verdächtig macht ihn nur, dass er nach dem Brandanschlag auf das Haus von Seita Laakso verschwunden ist. In dieser Sache sind die Ermittlungen noch keinen Schritt weiter. Die einzige Spur – und die einzige Verdächtige – ist Clara Sommerhage.

Tampere, Finnland – Montag, 23. Juni – 08:45 Uhr

Clara ist wütend. Soll sie überhaupt noch weiterschreiben?

Gestern Abend ist ihre Mutter angekommen. Zuerst hat Clara sich gefreut, sie zu sehen. Doch dann hat ihre Mutter gemeckert, weil sie über ihre Familie schreibt.

»Aber es ist doch die Wahrheit!«, hat Clara gesagt.

Ihre Mutter hielt dagegen: »Dann schreib wenigstens auch die Wahrheit über Joonas!«

»*Deine* Wahrheit?« Und so haben sie wieder gestritten.

Immer wieder die alte Leier!, denkt Clara. »Mama versteht einfach nichts. Gar nichts«, murmelt sie.

Sie muss weiterschreiben, sie tut es für Joonas. Und um Zeit zu gewinnen. Joonas hat versprochen, sie zu finden und rauszuholen, falls sie mal getrennt werden. Und solange sie ihre Berichte schreibt, kann ihre Mutter sie nicht mit zurück nach Deutschland nehmen. Dass Kekkonen ihre Berichte liest, weiß sie ja. Aber nicht ihre Mutter! Das geht gar nicht! Clara klappt den Laptop auf und wendet sich direkt an Kekkonen.

Herr Kekkonen, gestern Abend hat meine Mutter bei mir einen ziemlichen Aufstand gemacht, weil ich über unsere Familie schreibe. Ich will nicht, dass sie meinen Bericht liest!! Eigentlich ist mir egal, ob meine Mutter sich darüber aufregt oder nicht. Aber wenn sie schon unbedingt hier sein will, möchte ich nicht immer mit ihr streiten. Ich schreibe weiter, aber versprechen Sie mir, dass meine Mutter nichts mehr liest!

Clara starrt auf den Bildschirm. Sie hat keinen Zugang zum Internet mit diesem Laptop. Sie weiß gar nicht, ob man damit Nachrichten empfangen kann. Na und, dann soll er vorbeikommen und es ihr sagen. Vorher schreibt sie nicht weiter.

Da ploppt ein Kästchen auf:

Okay, ich verspreche es. AK

Mein Bericht 14
- - - - - - - - -
Am Abend nach dem Treffen mit Joonas in der Bibliothek kam ich um Viertel vor acht nach Hause. Ich machte keinen Lärm und kümmerte mich nicht darum, ob ich alleine war oder ob meine Eltern im Wohnzimmer zankten. Die Tür flog ins Schloss. Die Jacke zog ich nicht aus. Ich stopfte meine Hände in die Taschen und atmete einmal, zweimal tief am offenen Fenster durch, um die sprudelnde Aufregung in meinem Bauch in den Griff zu bekommen. Ich war komplett verwirrt, wie vor den Kopf geschlagen.
In Gedanken schwankte ich zwischen den beiden Extremen, Joonas zum Teufel zu schicken oder mit ihm im Bett zu landen. Doch ich schwankte nicht wirklich: Ich hatte mich verliebt.
Ein ganzes Knäuel wunderbarer Gefühle versuchte die anderen, die verwirrenden Satzfetzen, Worte, Begriffe zur Seite

zu drücken. Joonas. Ich lag auf meinem Bett und flüsterte seinen Namen. Ich drückte den roten Schal an mich und strich sacht darüber. Er war an allem schuld. Ich lächelte. Doch dann sprang ich auf, lief herum. Okay, dachte ich, es gibt keinen Grund durchzudrehen. Trotzdem setzte ich mich aufs Bett und fuhr meinen Laptop hoch.

Um mich herum ging das Leben im Haus weiter. Im Bad rauschte Wasser in die Wanne, Mutter trällerte ein Liedchen, im Wohnzimmer dröhnte Fußball im Fernseher. Die Türglocke schlug an, eine Tür wurde geöffnet und wieder geschlossen. Wahrscheinlich Papas Pizzataxi. Der Fernseher wurde leiser und Mama schloss sich im Bad ein.

Ich nahm Papier und Stift und schrieb alles auf, was ich mit dieser DNA-Geschichte und Lockstedter Lager in Verbindung brachte. Dann suchte ich im Internet. Schnell landete ich bei Foren, in denen es um Asylgesetze und Ausländer ging. Ich las Einträge von Leuten, die offen gegen alle Ausländer wetterten und auch gleich dazuschrieben, was man mit denen machen sollte, um sie loszuwerden. Manche der Einträge sprachen sich sogar dafür aus, Angst und Schrecken zu verbreiten. Die Gründe waren immer dieselben: Ausländer abschrecken, den Staat aus der Reserve locken, weil die Politiker sowieso nichts hinbekämen. Man müsse selbst handeln, weil man nicht abwarten könne, bis der verschlafene Staat sich überhaupt mal rührte. Solche Meinungen äußerten viele. Anonym natürlich.

Dann hörte ich auf, weil es mir plötzlich sinnlos erschien. Es hatte doch gar nichts mit Joonas zu tun. Das alles war doch gar nicht er! Er war kein Ausländerhasser, das hatte er selbst gesagt.

Ich zerknüllte den Zettel und zielte auf den Papierkorb. Ich traf daneben.

Und doch war da die Tätowierung: **F.E.A.R.** Sie geisterte
noch in meinem Kopf herum. Was bedeutete sie? Für
Ein **A**risches **R**eich? Oder **F**orward **E**uropean. **A**ryan **R**ule, das
heißt: Vorwärts, Europäer! Arische Herrschaft. – Quatsch,
warum spann ich herum? Genauso gut konnte es so etwas
Einfaches bedeuten wie: **F**reude. **E**rotik. **A**benteuer. **R**eisen.
Warum machte ich mir überhaupt tausend Gedanken? Nur
weil Mama in ihm einen Neonazi sehen wollte. So war Joonas
nicht. Ich liebte ihn doch. ~~Er war so zärtlich gewesen, als~~
~~wir uns küssten … Und auch, als er nur meinen Arm berührte.~~
~~Beim Gedanken daran ging wieder ein Zittern durch meinen~~
~~Körper.~~
Ich blieb einfach sitzen, im Schneidersitz auf meinem Bett,
träumte, den einen Ellenbogen auf ein Knie gestützt, das
Kinn in der Hand, starrte nur auf den Laptop. Meine Gedan-
ken schienen stillzustehen. Joonas. Joonas?
Ich hatte mir alles viel einfacher vorgestellt.

Zwei Stunden später klappte ich den Laptop zu. Im Netz
hatte ich mir noch alles Mögliche zusammengesucht, gegoogelt
wie verrückt. Im Bad ließ ich kaltes Wasser über meine
Hände laufen. Der Spiegel war nicht nett zu mir. Mein Gesicht
war blass, ich hatte dunkle Augenringe. Ich starrte aus
dem Fenster. Die Nacht war finster, das Haus war ruhig. Ich
ging hinunter. Der Fernseher im Wohnzimmer flimmerte
tonlos vor sich hin. Papa lag auf dem Sofa, war eingeschlafen.
Ich wettete und gewann: Mama war ausgeflogen. Sie hatte
einen Topf für mich auf den Küchenherd gestellt, den
Tisch gedeckt und einen Zettel geschrieben: *Du warst so be-*
schäftigt. Wollte dich nicht stören. Ich hab dich lieb.
Im Topf war Hühnersuppe, die ich eigentlich nicht mochte,
die ich mir jetzt aber warm machte und in mich hineinlöffelte,

weil ich hungrig war. Ich ging wieder hinauf, kam nicht zur Ruhe.

22:35 Uhr. Was war bloß los mit mir?

Für einen Moment hatte ich tatsächlich mit dem Gedanken gespielt, Torsten anzurufen. Er hatte die nötige Ahnung, um mir bei meinem Joonas-Problem zu helfen. Aber der war bestimmt mit Mama unterwegs und ganz sicher nicht mehr einer, mit dem ich Geheimnisse teilen wollte. Und doch. Wenn mich einer auf die richtige Spur bringen konnte, dann Torsten.

Was ich im Netz gefunden hatte, verwirrte mich nur noch mehr. Manches davon entsprach vielleicht Joonas' Gedanken. Anderes eher nicht. Er war eben unkonventionell. Und doch musste es da einen größeren Zusammenhang geben. Joonas dachte sicher in großen Zusammenhängen. Aber was ich im Internet fand, waren nur Fetzen.

Ich lag danach auf meinem Bett. Zeit verging.

Aber das war es! Es ging auch anders und ohne Torsten.

Ich klickte mich durch ein paar Webseiten. Wenig später hatte ich gefunden, was ich suchte. Einen Blog mit einem Chat, in dem wohl vorwiegend Rechte unterwegs waren. Ich zögerte nur kurz. Ich brauchte einen Nickname, eine andere Identität. Als **Kid A** ließ ich meine Finger über die Tastatur gleiten.

Mein Bericht 15
- - - - - - - - -

Kid A   Hey! Ist jemand online?

Sweet Jane   Wer bist du, Kid A?

Kid A   Ich bin neu im Chat.

Sweet Jane   Was willst du?

Kid A   Mich umsehen. Süßer Name, Sweet Jane.

Sweet Jane   Pah!! Hast dich im Forum geirrt. Verschwinde.

Kid A   Ich bin auf der Suche.

Sweet Jane   Niedlich. Sind wir das nicht alle?

Kid A   Mir geht da was im Kopf herum. Es ist ernst. Ich brauche Hilfe.

Sweet Jane   Kid A braucht Hilfe. Kid A? Was soll der Name?

Kid A   Nur so. Ist mir gerade eingefallen. Keine Ahnung.

Sweet Jane   Verarsch mich nicht. Das ist also dein Problem — keine Ahnung haben.

Kid A   Ja. Genau.

Sweet Jane   Ok. *lol* Dann leg mal los.

Kid A   Ich habe jemanden kennengelernt. Ich weiß nicht, was ich von ihm halten soll. Politisch meine ich.

Sweet Jane   Politisch? Was bist du denn für einer?

Kid A   Es ist nicht so, wie du denkst.

Sweet Jane   Warte. Später. Vielleicht.

Kid A   Wie?

Sweet Jane   Bleib online. Mal sehen.

Ich war verschwitzt und ich hasste es. Mein Shirt, die Hände klebten. Schlafen konnte ich jetzt vergessen. Ich riss das Fenster auf. Die Welt war dunkel. Ein leichter Wind wehte. Ich setzte mich auf die Fensterbank und lehnte meine Schläfe an die kühle Fensterscheibe, fühlte mich verloren und lauschte in diese verdammt dunkle Nacht.

Ping, kam es vom Laptop.

Es war ein mieses Gefühl, Joonas hinterherzuschnüffeln. Aber ich musste doch dahinterkommen, was er meinte und wollte. Ich musste ihn doch verstehen.

Kid A   Hey. Schön, von dir zu hören.

Sweet Jane   Abwarten. Kann ich dir trauen?

Kid A   Kann ich dir trauen?

Sweet Jane Cool. Du willst was von mir, Kid A. Schon vergessen?

Kid A Okay. Wie geht es weiter?

Sweet Jane Du wirst wohl herausrücken müssen, um wen es geht. *lol* Biste verknallt?

Kid A Also, ich finde da nicht durch. Ich meine, einer, der seine Kultur schützen will, ist doch kein Nazi.

Sweet Jane Ganz deiner Meinung! Wir sind Volksfreunde.

Kid A Steht ja groß genug auf eurer Seite. Aber was bedeutet das?

Sweet Jane Willst du Nachhilfe in Politik, oder was? Um wen geht es eigentlich? Rück schon raus! Sonst bin ich weg.

Kid A Kennst du einen, der Joonas Turunen heißt?

Lange kam nichts mehr. Ich wartete, war völlig fertig. Nach einer gefühlten Ewigkeit endlich wieder ein *Ping*.

Sweet Jane Ein Volksfreund mit diesem Namen ist uns nicht bekannt.

Der Kontakt wurde einfach abgebrochen. Aus, Ende. Was hatte ich mir bloß bei der ganzen Aktion gedacht? Ich löschte die Browserchronik, dann vorsichtshalber noch einmal und fuhr den Laptop herunter. Ich kroch ins Bett, machte das Licht aus und drehte mich zur Wand. Versuchte an nichts zu denken und konnte trotzdem nicht einschlafen. Weil ich mich so schlecht fühlte, weil ich hinter Joonas her-spionierte, weil ich das alles eigentlich gar nicht wissen wollte. Ich wollte doch nur bei Joonas sein und ihn spüren.

Mein Bericht 16

Joonas wohnte in einem Mietshaus. Der Mieter der Wohnung war viel unterwegs und hatte sie ihm für einige Monate überlassen. Ich stand vor dem riesigen, klobigen Kasten aus roten Backsteinen und grauem Beton und suchte auf dem Klingelbrett nach dem Namen, den Joonas mir genannt hatte. Paul Beul, erste Etage. Ich drückte auf den Knopf. Sofort summte der Türöffner. Im Treppenhaus roch es nach angebrannter Milch und nassem Hund. Ich beeilte mich, nahm zwei Stufen auf einmal. Auf der Wand über dem Handlauf prangten verschiedene Graffiti, eines in fettem Rot: *Heute ist der erste Tag vom Rest deines Lebens.*

Joonas stand im Flur vor seiner Wohnungstür, mit nacktem Oberkörper und nassem Haar, die Hände in den Hosentaschen seiner Jeans.

»Komm doch rein«, sagte er, machte mir aber keinen Platz. Ich zögerte. Vielleicht, weil ich annahm, er wollte plötzlich aus irgendeinem Grund doch nicht, dass ich die Wohnung betrat. Er blieb einfach stehen und ich tat zwei langsame Schritte auf ihn zu. Joonas rührte sich nicht, und erst als wir einen Atemzug voneinander entfernt standen, trat er zur Seite und berührte sanft meine Wange. Ich ging durch einen Vorraum und durch eine Tür. Joonas verschwand hinter einer schmalen Tür im Badezimmer.

Ich hatte Zeit, mich umzusehen. Die Wohnung bestand aus einem einzigen Raum, dem Zimmer eines Durchreisenden. Einerseits passte es nicht zu Joonas, andererseits haargenau. Es gab mir einen Stich, weil ich sofort den Gedanken hatte, dass Joonas in jedem Moment aus meinem Leben verschwinden könnte, ohne eine Spur zu hinterlassen. Der Durchreisende.

Es gab keine Gardinen, aber Rollos. Zwischen den Plastiklamellen spritzte blaues Licht von der Leuchtreklame eines Waschsalons im Erdgeschoss ins Zimmer. Vor dem Fenster floss der Verkehr auf einer vierspurigen Straße. Die Geräusche drangen kaum gedämpft herein. An einer Wand hing eine Landkarte. Europa und der Mittelmeerraum. Rote, blaue, gelbe Fähnchen steckten darin. Die meisten in Skandinavien, England und Deutschland. Ein großer Tisch stand mitten im Raum. Darauf lagen Joonas' Laptop und ein aufgeschlagenes Schreibheft. Daneben ausgeschnittene, sorgfältig geordnete Zeitungsartikel in einer fremden Sprache. An der Wand ein Fernseher. Ein Bett. Auf der Fensterbank standen heruntergebrannte blaue und weiße Kerzen und ein gerahmtes uraltes Foto. Bärtige Männer in Uniformen. Da waren sie wieder, die finnischen Soldaten in LoLa, von denen Joonas gesprochen hatte. Joonas kam herein. ~~Jetzt war er nackt. Wir legten uns auf das Bett und schliefen miteinander. Ich wollte es. Ich wollte es nicht. Ich zitterte, ich streckte mich Joonas entgegen. Es war das erste Mal, dass ich dachte: Joonas soll bei mir bleiben. Liebe? Vielleicht. Ich wusste es nicht. Es war ein wunderbares Gefühl.~~
Was dann geschah, geht niemanden etwas an.

Mein Bericht 17
- - - - - - - - -
Ich musste eingeschlafen sein und wurde wach, weil ich Joonas nicht mehr neben mir spürte. Ich wusste sofort, wo ich war, und auch, was zwischen mir und Joonas passiert war. Die Kerzen auf der Fensterbank brannten noch. Ihr Licht flackerte.
Joonas saß am Küchentisch, sprach leise mit einem Typen,

von dem ich nur den Rücken sah. Ich hatte keine Ahnung, woher der auf einmal kam. Sie sprachen leise. Ich hörte einzelne gemurmelte Worte, begriff aber nichts. Ich setzte mich auf und starrte auf den Rücken des Fremden. Ich wusste nicht, ob ich etwas tun oder sagen sollte. Also blieb ich einfach, wo ich war, und lauschte.

»Mensch, Paul, du kapierst es einfach nicht«, sagte Joonas. »Es ist doch so: Wenn wir uns die Straße zurückholen wollen, dann doch nach dem Schema *Aus dem Volk, für das Volk*. Die Omis müssen uns lieb haben. Verstehst du? Kauf dir andere Klamotten, richtige Schuhe. Lass dir die Haare wachsen. Zuerst müssen sie uns gut finden, dann erst haben wir eine Chance auf die Meinungsführerschaft, und danach übernehmen wir ...«

»Die nette Tour und die feinen Klamotten stehen dir einfach besser«, flüsterte Paul und grinste. »Was die Öffentlichkeitsarbeit angeht, habe ich einen erstklassigen Kontakt. Ein freier Journalist, er schreibt im Internet. Seine Artikel finden großen Anklang in der Community. Auch die bürgerliche Presse kauft oft Interviews und Artikel von ihm. Dabei ist er klar einer von uns. Ich habe schon mal vorgefühlt. Er würde gern ein Interview mit dir machen und auf seiner Webseite veröffentlichen. Mit deinem richtigen Namen oder auch mit einem Decknamen, falls dir das lieber ist. Du könntest den Leuten verklickern, warum sie uns wählen sollten.«

»Ist er zuverlässig?«

»Klar. Der arbeitet schon lange für uns. Er weiß genau, wie man es machen muss, damit alles schön demokratisch klingt. Mit Politik kennt er sich aus. Er ist keiner von diesen Lügenpresse-Heinis, die alles verdrehen.«

»Hört sich gut an«, meinte Joonas. »Mach mir möglichst bald einen Termin mit ihm!«

Joonas merkte, dass ich wach geworden war. Er drehte sich zu mir, sagte ganz ruhig, dass alles in Ordnung sei.

»Das ist Paul«, sagte Joonas. »'Tschuldigung. Es geht um ein paar Leute, die wir unbedingt treffen müssen.«

Das war er also: Paul Beul. Ich hatte Joonas nach diesem Paul Beul gefragt, versucht, ihn richtig auszufragen. Von Joonas war nicht viel gekommen außer: »Das ist ein ziemlicher Prolet. Schlechte Manieren, auf Knopfdruck eine große Klappe. Doch aus dem machen wir was.« So nebenbei erfuhr ich dabei, dass Paul Beul jeden, der ihn Neonazi nannte, wegen übler Nachrede oder Verleumdung vor Gericht zerrte.

»Unterschätze Paul nicht«, hatte Joonas noch hinzugefügt. »So dämlich er auch manchmal wirkt, durch seine Firma hat er gute Kontakte zu Leuten mit Einfluss. Manchmal denke ich, Paul *stellt* sich bloß dumm.«

Paul wandte mir halb sein Gesicht zu und murmelte, immer noch im Flüsterton, ein »Hallo«. Er hatte übernächtigte Augen und kaum Haare auf dem Kopf. An seinem Hals, etwas über dem Hemdkragen, lugte eine Tätowierung hervor, die knapp unter seinem Ohr endete. Ich hatte keine Ahnung, was es war, aber ich dachte sofort, dass es ganz sicher nicht »Frieden« bedeutete. Popeye, dachte ich, Paul sieht aus wie Popeye, und ich fand das ziemlich komisch.

Ich sagte auch: »Hallo.«

Paul sagte noch einmal: »Hallo.« Dann stand er auf, legte etwas auf den Tisch und schob es zu Joonas hinüber. Joonas steckte es ein. Paul ging aus dem Zimmer und verließ die Wohnung, ohne noch irgendetwas zu sagen.

»Was wollte Popeye denn, ich meine, in unserm Schlafzimmer?«, fragte ich und musste lachen.

»Tut mir leid«, sagte Joonas und stand auf. Er hatte seine Jeans an und sonst nichts. »Er wusste nicht, dass du hier bist.«

Es sah so aus, als wollte er sich wieder hinlegen. Aber ich setzte mich auf die Bettkante und begann, mich anzuziehen. »Ich kann dich fahren«, sagte Joonas und streifte sich ein Shirt über. »Paul hat mir den Firmenwagen vor die Tür gestellt.«

»Gut«, sagte ich und schaltete mein Handy wieder ein. Es war 0:23 Uhr und jetzt war Samstag. Ich ging ins Bad und wusch mein Gesicht und meine Hände mit lauwarmem Wasser. Erst zu Hause wollte ich duschen. Hier nicht.

Als ich aus dem Bad kam, war Joonas angezogen und band sich gerade die Schuhe zu. »Von mir aus kann es losgehen.«

»Willst du verreisen?«, fragte ich und deutete auf eine Tasche, die er sich umgehängt hatte.

»Nein, nur mein Laptop. Vorsichtshalber.«

Eigentlich stand eine andere Frage im Raum. Ich traute mich nicht, sie zu stellen. Ich wollte fragen, wie es mit uns weiterginge. Ob es überhaupt weiterginge. Aber Joonas war so cool, so unantastbar, dass ich nichts sagte.

»Ich muss los«, sagte er. »Sonst sind die Leute, die ich treffen will, schon weg.« Er schlüpfte in die Jacke, warf sich die Tasche über die Schulter und wartete demonstrativ auf mich. Ich zögerte: »Komische Zeit. Mitten in der Nacht.« Ich sagte das so vorsichtig wie möglich, weil ich Joonas nicht verärgern wollte. Ich wollte mehr fragen, doch ich spürte, dass gerade jetzt Fragen bei Joonas überhaupt nicht ankamen. Er war auf etwas anderes konzentriert.

»Nachts trifft man die besten Leute.« Es hörte sich erst abweisend an, dann zwinkerte er mir zu. Joonas blies die Kerzen aus und zog die Tür hinter uns ins Schloss.

»Also?« Er sah mich an.

Ich nickte. Er ging vor mir her, die Tasche an einem Riemen über der Schulter, eine Hand in der Jackentasche.

Mein Bericht 18

Joonas fuhr aus der Seitenstraße auf die Ringstraße, bog am Hauptbahnhof links ab, über die Kanalbrücke und dann noch zweimal links. Er plauderte jetzt, sprach davon, dass er viele wichtige Leute kennengelernt hätte, seit er Paul Beul kannte. Männer in einflussreichen Positionen, sagte er, auch Politiker. Warum diese Leute sich so spät in der Nacht mit ihm treffen wollten, sagte er nicht. Er wirkte sehr zufrieden und er lächelte zwischen den Sätzen.

Ich sah aus dem Auto auf die Schaufenster, die Leuchtreklamen, die Cafés und kleinen Geschäfte, die Fassaden der Wohnhäuser und zwirbelte mit den Fingern an einer Haarsträhne. Weit entfernt heulte ein Martinshorn durch die Nacht.

»Wir sind da«, sagte ich.

Nur das Licht über der Haustür brannte. Joonas drehte den Kopf und spähte aus dem Seitenfenster.

»Alle ausgeflogen?«

»Meine Eltern sind die reinsten Nachteulen«, sagte ich.

Es war das erste Mal, dass ich überhaupt meine Eltern erwähnte.

~~Joonas fragte nicht weiter. Er sah mich nur an.~~

~~»Und?«, fragte ich.~~

~~»Und was?«~~

~~»Ich meine, wir beide. War das alles?«, fragte ich. Ich~~
~~dachte, dass Joonas jetzt wegfährt, später zurückkommt, wir~~
~~zusammen sind. Ich konnte mir nichts anderes vorstellen.~~

105

~~»Clara«, sagte Joonas. »Was denkst du von mir?«~~
~~Er lachte fröhlich und rau auf, zog mich an sich und küsste~~
~~mich. Ich fühlte mich schrecklich, weil ich Zweifel gehabt~~
~~hatte, und glücklich, weil es jetzt so war, wie ich es mir~~
~~wünschte.~~
~~Trotzdem hätte ich es merkwürdig gefunden, wenn Joonas~~
~~gesagt hätte, dass er mich total liebte und dass er voll-~~
~~kommen glücklich mit mir wäre. Dabei wollte ich genau~~
~~das hören.~~

In der Schule fragten sie mich am nächsten Morgen, ob
ich immer noch mit dem Studenten zusammen sei.
»Klaro«, sagte ich und war total stolz. Wenn ich bis dahin
noch Zweifel gehabt hätte, in dem Augenblick wären
sie wie weggeblasen gewesen.

Tampere, Finnland – Dienstag, 24. Juni – 15:23 Uhr
Clara nimmt die Finger von der Tastatur. Wie lange Artur Kekkonen wohl braucht, bis die Tür aufgeht, bis er ihr Fragen
stellt, weil sie ihn neugierig gemacht hat? Clara lauscht zur
Tür und sieht dabei aus dem Fenster. Sie kann die Lüftungs-
rohre auf der Rasenfläche vor ihrem Fenster erkennen. Sie
sitzt wahrscheinlich auf einem riesigen unterirdischen Kom-
plex, einem Kellergewölbe oder einer Bunkeranlage. Sie stellt
sich vor, wie ganze Kompanien von Polizisten, Sicherheits-
leuten und Geheimagenten durch die Gänge wuseln. Alarm-
stufe Rot.
Draußen wirft Heikki flache Kieselsteine in den See. Er
wirft sie aus der Hüfte und lässt sie gekonnt übers Wasser
hüpfen. Clara hat sich mit dem verfluchten Laptop an den
Schreibtisch gefesselt. Sie hat zwar angefangen, zwischen-

durch mit Acrylfarbe zu malen. Das macht ihr Spaß, einige Stunden am Tag. Doch sie ist verdammt, in dieser finnischen Einöde auszuharren. Mit Haus und See, Wolken und Sonne und Bäumen. Alles ist da. Nur Joonas nicht.

Heikki kümmert sich, er bewacht Clara, das weiß sie. Ob sie abgehört werden? Wenn sie den Laptop anzapfen, haben sie bestimmt auch das Zimmer verwanzt. Ich muss vorsichtig sein, denkt Clara.

Heikki kann hier raus. Wenn sie ihm trauen kann, wird er ihr Bote. Er wird es für sie tun. Sie weiß, wo Joonas ist und wie Heikki ihn finden kann. Sie nimmt sich vor, in nächster Zeit öfter mit ihm zu sprechen. Vielleicht kann sie Heikki ins Vertrauen ziehen.

Gleich geht die Tür auf und Artur Kekkonen kommt herein. Da ist sie sicher.

Clara überlegt kurz, scrollt durch die letzten Seiten des Berichts. Sie hat versucht, etwas über Joonas herauszufinden, und fand *Sweet Jane*. Clara sitzt mit dem Laptop auf dem Bett. Ihre Finger gleiten weiter über die Tastatur.

Mein Bericht 19
- - - - - - - - -

Wir flogen wie jedes Jahr an Weihnachten zu meinen Großeltern nach Lanzarote und blieben über Neujahr. Meine Eltern gingen spazieren. Das Meer war ruhig und die Wellen liefen sanft auf den Strand. Eine Brandung gab es nicht. Der eiskalte Atlantik lag still da. Es war schön, schön wie jedes Jahr. Selbst das Wetter spielte mit. Aber es war nicht wie früher. Wir standen nebeneinander und jeder schaute für sich aufs Meer. Das ganze Theater veranstalteten meine Eltern nur für Oma und Opa, die nichts merken sollten oder einfach mitspielten.

Der Unterschied zu früher war, dass ich mich nach Joonas
sehnte. Wir telefonierten ab und zu, und wenn ich mit
ihm gesprochen hatte und am Ton seiner Stimme merkte, dass
es ihm gut ging, konnte ich die Augen schließen und seelen-
ruhig abwarten, dass der Schlaf kam. Manchmal klopfte Oma
an meine Tür, brachte mir eine Kleinigkeit zu essen und
setzte sich zu mir auf die Bettkante. Einmal nahm sie mich in
den Arm. Und das rührte mich so, dass ich weinen musste.
»Ach, Kind«, schluchzte auch sie.

Joonas hatte mir geschrieben. Es gibt nur diesen einen Brief
von ihm. Joonas hatte ihn versehentlich an das Maklerbüro
meines Vaters adressiert. Über die Verwechslung der Adressen machte mein Vater nur ein müdes Witzchen. Nicht der
Rede wert. Er begann sich für Joonas zu interessieren und
fragte mich nach ihm. Er überlegte sogar, ihn als Mitarbeiter
in seinem Büro anzustellen. Er hatte von mir gehört, dass
Joonas Arbeit suchte. Die Ansichten meiner Mutter über
Joonas interessierten ihn nicht. Das fand ich cool von ihm.
Über die Prügelei am See grinste er nur und meinte:
»Der Junge hat jedenfalls Mut. Das spricht für ihn. Man kann
über ihn denken, was man will, aber Grundsätze hat er.«
Das Thema war durch. Mama hatte so lange darüber geredet,
bis es niemanden mehr gab, den es nicht langweilte.
Papa beendete die Diskussion mit seiner Standardfrage:
»Weißt du eigentlich, wie lächerlich das alles wirkt, was du da
machst? Ausgerechnet mit dem Lehrer deiner Tochter ...
Interessiert dich nicht, was andere über dich denken?«
»Nein, im Gegensatz zu dir ganz und gar nicht!«, sagte meine
Mutter.
Es nahm immer diese Richtung. Jedes Gespräch endete so
oder ähnlich.

Die Sache mit mir und Joonas nahm Papa locker. Die dämliche Frage, ob es denn was Ernstes sei, kam natürlich trotzdem. »Du bist erst sechzehn«, sagte er. »Ja, und? Rate mal, was in ein paar Monaten passiert? Da werde ich siebzehn. Und ein Jahr darauf werde ich achtzehn. Du musst dich langsam an eine erwachsene Tochter gewöhnen. Ich muss mich schließlich auch auf so manches Neue einstellen.« So mit ihm zu sprechen, das hätte ich vor ein paar Wochen noch nicht gewagt.

In Joonas' Brief an mich standen Dinge, die nicht hierhergehören. Ich werde jetzt noch rot, wenn ich daran denke. Aber mich hat es gefreut. Und wie. Der Brief war nach einer Woche schon zerlesen.

Ich erwähne das auch, damit niemand glaubt, zwischen mir und Joonas hätte es immer nur diese LoLa-Geschichte gegeben. Selbst heute, mitten in Finnland, möchte ich sagen, dass LoLa und Joonas' Klonpläne nicht einmal zehn Prozent meines Lebens ausmachten. Im Grunde war mir LoLa egal. Von LoLa schrieb er in diesem Brief, dass er sich etwas Neues überlegt hätte. Er wollte *LoLa II* aufbauen. Dafür suchte er einen geeigneten Ort.

Mein Bericht 19
- - - - - - - -

Ich ging immer noch gerne zur Schule und hing mit meinen Leuten ab. Ich war durch Joonas im Ansehen stark gestiegen. Manchmal sah ich Joonas tagelang nicht. Er arbeitete mittlerweile für meinen Vater, kniete sich richtig rein. Papa war begeistert. Mama stinksauer. Oft ließ Joonas überhaupt nichts von sich hören, keine SMS, kein Anruf, keine Nachricht. Es beunruhigte mich nicht. Wenn er da war, waren wir zusammen. Das genügte mir.

In der Schule kam natürlich alles raus mit Torsten und Mama. Es war ein kleiner Skandal. Für ein paar Tage Gesprächsthema. Getratsche hinter meinem Rücken, mitleidige Blicke, albernes Kichern, dummes Geschwätz. Dann glätteten sich die Wogen. Ich glaube, ernsthaft war niemand interessiert, und auch das Mitgefühl mit mir hielt sich in Grenzen. Meine Güte, warum denn auch, wir waren alle beinahe siebzehn und keine Kleinkinder mehr.

Ich arbeitete kaum noch an meinem Referat über die Swing-Kids. Und wenn, dann nur, weil ich das Gefühl hatte, dass ich das Thema abschließen musste. Am Geschichtswettbewerb hatte ich kein Interesse mehr. Torsten reagierte auf meine Absage, als hätte ich ihn persönlich beleidigt. Meiner Mutter sagte ich, dass ich keine Lust mehr hätte, mich mit Torsten auseinanderzusetzen oder überhaupt mit ihm in einem Raum zu sein. Dass ich am liebsten die Schule wechseln würde. Das kam natürlich nicht infrage.

Tampere, Finnland – Dienstag, 24. Juni – 17 Uhr
Seppo Grenberg schnauft und legt die übersetzte Abschrift von Claras Bericht zur Seite. »Na endlich. Das wurde aber auch Zeit. Ich dachte schon, das geht ewig so weiter. Familienschicksale und Scheidungselend.«

Artur Kekkonen sieht ihn an, nickt und lässt ihn reden.

»Also doch. Ich dachte schon, sie führt uns an der Nase herum«, sagt Grenberg.

»Damit müssen wir immer rechnen, Seppo.«

»Ich habe mit den Kollegen in Turku gesprochen. Joonas Turunen und die beiden andern sind einfach nicht auffindbar. Also untergetaucht, denn heute verschwindet man nicht einfach spurlos. Meinst du, das Mädchen weiß, wo er ist?«

»Das gehört zu den Dingen, die ich noch rausfinden will. Ich möchte wissen, was Clara sonst noch mitbekommen hat. Was sind das für Kontakte zu einflussreichen Männern in Deutschland? Was genau hat Joonas vorbereitet? Ich spreche noch einmal mit Clara.«

Kekkonen geht hinaus, den Flur entlang bis zu Claras Zimmer. Clara hat ihr Schreiben unterbrochen und blickt ihn fragend an. Kekkonen hat das unbestimmte Gefühl, dass sie ihn erwartet hat.

»Ich wollte mal nach dir sehen«, beginnt er. »Du kommst gut voran. Ich glaube, dass es so funktioniert.«

Mit dem Kopf nickt er zum Laptop. Aus den Augenwinkeln glaubt er ein leichtes Flattern in ihrem Blick zu sehen.

»Das ist alles sehr traurig. Die Geschichte deiner Eltern, meine ich. Das war eine schwere Zeit für dich.«

»Ich glaube, das kriege ich hin«, sagt Clara knapp.

»Das musst du auch. Und das schaffst du.«

Clara nickt. Sie wirkt erschöpft und angespannt. Doch sie sieht ihn nicht mehr feindselig an.

»Deine Mutter hält nicht viel von deinem Freund Joonas Turunen, oder?«

Clara zuckt mit den Schultern.

Er sieht sie an. Sie weicht seinem Blick nicht aus.

»Ich glaube, dass meine Mutter einen falschen Eindruck von Joonas hat. Meine Schuld. Als ich Joonas kennenlernte, gab es eine kleine Irritation, das hat sie nicht verstanden.«

»Eine Irritation? Du meinst die Prügelei mit dem ausländischen Jungen im Park?«

»Ja. Ich hätte davon besser den Mund gehalten.«

Beide schweigen eine Weile. Dann sagt Kekkonen: »Du schreibst, Joonas hat nach einem Ort für LoLa II gesucht. Hat er ihn gefunden?«

111

»Ja, ich denke, dafür haben wir die Hütten auf Harald Johansons Hof gebaut. Eine Zeit lang haben viele Leute dort gewohnt. Joonas war zunächst total in seinem Element. Dauernd hat er mit irgendwem telefoniert. Wahrscheinlich ging es um LoLa. Aber so genau weiß ich das alles nicht. Mit mir hat Joonas nie über seine Pläne geredet. Er war da immer sehr schweigsam.«

Kekkonen bemerkt, wie Clara nervös ihre Finger reibt.

»Glauben Sie mir, Herr Kekkonen, Joonas weiß, was er tut. Wusste er immer. Er denkt in großen Zusammenhängen ...«

»Ja, das hast du geschrieben.« Er wird vorsichtig.

»Joonas sieht das große Ganze und er übernimmt Verantwortung. Das bewundere ich an ihm.«

»Ich verstehe ...«

Ziemlich diffus, das große Ganze, denkt Kekkonen. Wunschdenken. Doch er bekommt das Gefühl, dass er besser nicht weiterbohren sollte.

»Ich gehe mal nach draußen, Heikki begrüßen«, sagt er.

»Ja«, meint Clara, »warum nicht? Der wirft wahrscheinlich wie immer seine Steine über den See.«

Kurz darauf hört Clara Kekkonens Schritte auf dem Kiesweg. Gleich spricht er mit Heikki, denkt sie, gleich fangen sie an, Steine zu werfen. Sie muss vorsichtig sein. Sie hat verstanden, was Artur Kekkonen von ihr will. Er ist freundlich – und sehr geschickt. Gestern hat er Schokolade mitgebracht. Ganz dunkle, dünne Blättchen, die Clara sich unter die Zunge schiebt und schmelzen lässt. Nervennahrung, hat er gesagt und ihr zugelächelt.

Sie greift in die Schublade, stöpselt die Kopfhörer in den iPod, hört *No Surprises* von *Radiohead* und überlegt, wie es weitergeht. Sie schaut aus dem Fenster. Am Seeufer sieht sie

Heikki lachen. Artur Kekkonen und Heikki kehren ihr den
Rücken zu, unterhalten sich. Ein unbeschwerter Sommertag
am See. Sie fühlt sich wie ein Spielverderber.

Mein Bericht 20

Der Winter hatte sich hitzefrei genommen. Es war Ende
Februar und warm wie im Frühling. Das strahlende Blau des
Himmels fiel durch die Fenster der Stadtbibliothek und
stach in meine Augen. Ich blinzelte gegen das Licht und Joonas
sah mich an. Er war glücklich. Er sagte es. Ich sah es ihm
an. Das hätte keiner gedacht, dass ich die Macht hätte,
irgendjemanden glücklich zu machen und selbst glücklich zu
sein.
Joonas recherchierte im Internet. Ich wusste nicht, was.
Natürlich habe ich an LoLa gedacht und an die gruselige DNA-
Geschichte. Ich wusste, dass er sauer auf mich war, weil
ich darüber gescherzt hatte. Als ich mich dafür entschuldigte,
reagierte er nur abweisend. Joonas erwähnte das alles
nicht mehr und ich wollte auch nicht mehr darüber wissen als
unbedingt nötig. Ich fühlte mich glücklich und wollte es
bleiben.
Ich habe Joonas einige Male gefragt: »Warum ist dir das
mit LoLa so wichtig?«
Aber Joonas wollte nicht danach gefragt werden. Er sagte
dann nur: »Kein Kommentar.«
Er kam mir vor wie ein Politiker, der einen nervigen Journalisten abwimmelt. Einmal rutschte ihm dann doch heraus:
»Ich mache das alles, weil ich an die Zukunft glaube. Und weil
ich etwas schaffen will, das Sinn hat. Ein wehrhaftes Europa,
das seine Traditionen und Werte gegen Feinde schützt.«
»Hat das Leben denn sonst keinen Sinn?«

»Wenig. – Aber jetzt keine Fragen mehr.«

Am schönsten waren die Stunden, die wir in Joonas' Wohnung verbrachten. Auf sein Zimmer war ich nicht so versessen. Aber da waren wir ungestört. ~~Das heißt nicht, dass wir ständig miteinander schliefen oder sonst irgendwie Sex hatten. Obwohl: Es heißt genau das. Wir machten es ziemlich oft. Aber wir hatten nicht nur Sex im Kopf.~~ Ich las Bücher, arbeitete für die Schule. Joonas las auch. Ich stellte fest, er konnte kochen. Wir machten Blödsinn, sahen Filme oder hingen einfach nur ab. Wenn wir uns ein paar Tage nicht sahen, und das kam auch vor, sehnte ich mich nach Joonas, nach seinem Körper, seinem Mund, seinen Bewegungen. Ich fühlte mich endlos frei. Meine Eltern und ihre Probleme interessierten mich nicht mehr.

Und dann passierte es an einem Nachmittag ... Wir kamen gerade aus der Stadtbibliothek. Joonas hatte seine Tasche in einem Schließfach eingeschlossen und holte sie heraus. Wir wollten seine Wäsche waschen. Joonas liebte den Waschsalon. Saubere Klamotten machten ihn happy. Ich wartete am Eingang und sah hinaus auf die Straße. Die Sonne schien und wärmte mich. Auf einem Ohr hörte ich Musik. Ich weiß nicht mehr, was es war. Aber ich hörte zu der Zeit eigentlich immer *Radiohead*. Ich war nur zur Hälfte wach, die andere Hälfte träumte mit der Musik. Vor den bodentiefen Fenstern im Foyer balgten sich zwei Hunde um einen Getränkebecher. Ich sah ihnen zu. Ein Mädchen drehte sich eine Zigarette, rauchte und hielt das Gesicht gegen die Sonne.

Ich stellte mich auf die Zehenspitzen, suchte mit den Augen nach Joonas und entdeckte meine Mutter, bevor sie mich sah. Sie saß mit Torsten im voll besetzten Café in der Tischreihe, die am weitesten von der Fensterfront entfernt war. Sie hatte ein seriös wirkendes taubenblaues Jackett an und eine

weinrote Bluse, die automatisch den Blick anzog. Vermutlich
trug sie einen knielangen Rock und bequeme Schuhe. Klar.
Heute war Wochenmarkt und ihre Reportage lief im Radio.
Lifestyle und Kochrezepte, etwas Klatsch und Tratsch.
Mama sah wirklich gut aus. Ihre Augen glänzten selbst aus
der Entfernung und ihr Lippenstift war ein anderer als sonst.
Torsten saß neben ihr in einer grünen Militärjacke, ein
Palästinensertuch um den Hals und sah gewollt ungekämmt
aus. Den Rest dachte ich mir: Cowboystiefel und Jeans.
Die Lady und der Tramp. Ich musste grinsen. Klar, ich dachte
mir gemeine Sachen über Torsten aus. Und ehrlich, ich habe
mir noch ganz andere Sachen ausgemalt. Am liebsten wäre
ich abgehauen.
Doch da schoss schon der Arm meiner Mutter hoch. Wie
in der Schule. Sie winkte mir aufgeregt zu. Torsten drehte
sich wie auf ein Zeichen zu mir hin, schien kein bisschen
überrascht. Komisch, dachte ich. Ich wollte fliehen. Aber da
stand sie schon vor mir und legte freudestrahlend beide
Hände auf meine Wangen. In genau dem Moment tauchte
Joonas, die Tasche unter den Arm geklemmt, in ihrem Rücken
auf. Er machte große Augen. Ich versuchte, ihm ein genervtes,
verzweifeltes Gesicht zu zeigen. Und was tat er? Er
setzte sein Jungenlächeln auf und kam auf uns zu. Bravo!
Joonas haute nicht ab.

Mein Bericht 21
- - - - - - - - -
»Komm, setz dich zu uns«, sagte Mama und hielt mein Gesicht
fest in ihren Händen. »Wir müssen mal reden. Über Joonas.«
Ich versuchte, mich aus ihrem Griff zu befreien.
Das war so ein Moment, in dem sich alles ändert. Gerade war
noch alles da und plötzlich nicht mehr.

Ich glaube, dass ich rot wurde. Ich wurde sonst nie rot.
»Er ist da«, sagte ich so leise, dass ich meine Stimme selbst
kaum hören konnte. »Mama, Joonas ist hinter dir. Ihr könnt
mit ihm reden.« Das Letzte sagte ich auch, um Joonas zu
warnen. Noch hätte er ja verschwinden können.
»Das ist ja eine Überraschung«, sagte Joonas, ließ die Tasche
auf den Boden plumpsen und gab meiner Mutter strahlend
die Hand. Mama hatte sofort diesen abschätzenden Blick, der
sie wie eine blinzelnde Kurzsichtige aussehen ließ. Ich hasste
diesen Blick, weil er nichts Gutes bedeutete.
»Schön, dass wir uns auch mal kennenlernen.«
»Ja«, sagte Joonas.
»Kinder, ihr habt doch Zeit für einen Kaffee, oder?« Torsten
knipste ein überlegenes Lächeln an. Seine Haut war glatt
und leicht gebräunt, seine Grübchen entstanden durch sein
Dauerlächeln. Die Brille hatte er in die Stirn geschoben.
Die perfekte Mischung aus Lausbub, Raufbold und Klugscheißer.
Seine Augen musterten Joonas und sein Lächeln verschwand.
Ich spürte, dass Joonas sich unwohl fühlte, doch er ließ
sich nichts anmerken.
»Ich möchte nicht stören«, sagte er.
»Aber nicht doch«, erwiderte Torsten Meyer, ganz der
souveräne Gastgeber. Er war schon aufgestanden, schob uns
zwei Stühle an den Tisch, winkte nach der Bedienung.
»Ich bitte dich. Ich darf doch Du sagen? Du bist dieser
finnische Junge, von dem Clara so schwärmt. Hab schon viel
von dir gehört.«
So ein Idiot, dachte ich. Was bildete der sich ein, hier
meinen Vater zu spielen!
»Aha? Was haben Sie denn gehört?«, fragte Joonas und warf
mir einen kurzen Blick zu.
Ich hätte im Boden versinken mögen.

Mama schob den Kuchenteller zur Seite. Ein Teller, ein Stück Kuchen, zwei Gabeln. Wie peinlich.

Torsten setzte sich auf seinem Stuhl zurecht. »Du interessierst dich für deutsche Geschichte, sagt Clara. Da haben wir etwas gemeinsam. Allerdings sagt Clara auch, dass du etwas merkwürdige politische Ansichten hast.«

»So habe ich das nicht gesagt«, unterbrach ich.

Doch Torsten achtete nicht auf mich. Er fixierte Joonas.

»Wir haben uns Sorgen gemacht«, sagte Mama.

»Sorgen? Warum?«, fragte ich.

Mama räusperte sich. Sie wollte etwas sagen, doch da kam die Kellnerin an den Tisch, und Torsten machte eine großzügige Geste mit der Hand, was wohl heißen sollte: Bestellt euch, was immer ihr wollt, Kinder.

»Soso«, meinte Joonas und grinste, »Sie wollen also nach dem Rechten sehen.«

Mama zog die Augenbrauen hoch und sagte: »Findest du das witzig? Ich finde das überhaupt nicht witzig.«

»Ich will damit nur sagen, dass Sie sich das Versteckspiel sparen können«, antwortete Joonas.

Am Nachbartisch schielte jemand über einen Zeitungsrand zu uns herüber und krauste die Stirn.

Mama kramte in ihrer Tasche und zog ein zerknittertes Blatt Papier hervor, legte es vor sich auf die Tischplatte und strich es glatt. Ich erkannte den Zettel sofort und war fassungslos. Ich sah mich noch auf dem Bett sitzen mit diesem albernen Zettel in der Hand: meine Neonazi-Liste über Skinheads, Runen, den ganzen reaktionären Kram. Ich erinnerte mich genau, wie ich den Zettel zerknüllt und in den Papierkorb geworfen hatte, weil es mit Joonas nichts, absolut nichts zu tun hatte. Und dann kommt meine Mutter, fischt ihn heraus und legt ihn hier auf den Tisch. Als Beweismittel.

Joonas' Gesichtsausdruck änderte sich. Ich kannte ihn. Torsten beobachtete Joonas, immer noch das selbstgefällige Lächeln im Gesicht, aber schon wenige Augenblicke später wusste er nicht mehr, wie ihm geschah.

Mein Bericht 22

»Dass dein Freund jetzt hier ist – gut. Umso besser. Dann können wir uns mal aussprechen«, sagte Torsten.

»Worauf wollen Sie eigentlich hinaus?«, fragte Joonas ruhig.

»Wollen Sie mit mir über Geschichte diskutieren?«

»Warum nicht? Wir haben ja alle aus der Geschichte gelernt, oder? Manche mehr, manche weniger. Bist du stolz, ein Finne zu sein?«

»Sind Sie stolz, ein Deutscher zu sein? Ich bin der Meinung, dass jeder sich zu seiner Kultur bekennen sollte.«

»Dein Freund hat eine reichlich militante Meinung, kann das sein?«, sagte Torsten in meine Richtung, aber ohne mich anzusehen. »Gleich legt er bestimmt los und erzählt uns vom leistungsstarken, schönen Europa und dass wir vor dem Ausverkauf stehen. Wetten?«

»Und was genau wäre daran falsch? Lesen Sie keine Zeitung? Die Moslems ...«

»Sag nicht *die* Moslems«, unterbrach Torsten. »Auch nicht *die* Juden, *die* Deutschen, *die* Rumänen, *die* Araber und so weiter. Es gibt sie nicht. Nimm einen von ihnen und lerne ihn kennen. Wenn du sie nur als Kollektiv siehst, bist du kurz davor, ihnen die Menschlichkeit abzusprechen. Und dann ist es nicht mehr weit bis Auschwitz und Holocaust."

»Auschwitz? Holocaust? Meinen Sie nicht, dass Sie ein bisschen übertreiben? Außerdem ist das doch alles ferne Vergangenheit. Wir haben heute eigene Probleme.«

»Und die wären, deiner Meinung nach?«, fragte Torsten herausfordernd.

Joonas antwortete: »Die Überfremdung zum Beispiel. Sehen Sie sich doch Ihr eigenes Land an: Die Politiker kümmern sich zurzeit mehr um Einwanderer als um das eigene Volk. Wo bleiben denn die deutschen Werte, wenn sich alles vermischt? Ein Volk sollte zu seiner Identität stehen und sie verteidigen.«

»Für mich klingt das wie ›Reinhaltung der arischen Rasse‹ …«

»Wenn Sie es so ausdrücken wollen, bitte. Aber meine Worte sind das nicht. Sie sollten auch nicht alles durch die Brille der Vergangenheit sehen. Dann wird auch Ihnen klar: Für eine bessere Zukunft muss das Wertvolle rein bleiben. Nur das Starke, Reine setzt sich durch.«

»Da haben wir's!« Torsten sah mich triumphierend an. »Wie erkenne ich einen Neonazi? An seinen Sprüchen, an seiner Sprache. Die Sprache entlarvt eine menschenverachtende Gesinnung als Erstes. Worte bedeuten nämlich was.«

Joonas' Stimme bekam jetzt einen eiskalten Ton: »Weltpolitische Probleme löst man nicht mit Gutmenschengeschwafel. Manche Härten sind eben zu ihrer Zeit notwendig …«

Torsten unterbrach ihn. »Habe ich das richtig verstanden, du hast gerade den Holocaust gutgeheißen? – Leute, die so denken wie du, sind entweder verrückt oder dumm – aber auf jeden Fall gefährlich!«

»Hören Sie doch auf mit Ihren Beleidigungen! Sie plappern doch nur nach, was die Schulbücher und die sozialdemokratische Lügenpresse Ihnen einreden.«

Jetzt mischte meine Mutter sich ein. Sie legte die Hand auf Torstens Unterarm. Das sollte ihn beruhigen. »Das hier

geht auch etwas leiser«, sagte sie. »Die Leute starren uns
schon an. Also bitte!«
»Aber nein, ich finde, dass alle Menschen in diesem Café
von seiner beeindruckenden Sicht der Dinge erfahren sollten.
Laut und deutlich sollen sie hören, was ich darüber denke.
Du bist ein armseliger kleiner Jungnazi, der unsere Meinungs-
freiheit dazu missbraucht, ungestraft rechtsradikale
Phrasen herumzuposaunen! Ich finde, das darf und sollte
jeder hier zur Kenntnis nehmen.«
»Nehmen Sie zur Kenntnis, dass Sie und Ihresgleichen
für die Welt und die Geschichte völlig überflüssig sind.«
Joonas sagte das ganz ruhig, wie eine völlig normale
Tatsache.
Torsten wurde blass. Sein Mundwinkel zuckte. »Willst du
mir drohen, du Spinner?«
Mama legte schnell ihre Hand auf seine und sagte: »Clara,
ihr geht jetzt besser. Wir sprechen uns zu Hause.«
Joonas stand auf. Der Stuhl schrappte über den Boden.
Ich suchte meine Sachen zusammen und tat alles, um
Mamas Blick auszuweichen.

Auf dem Weg zu seiner Wohnung hat Joonas kaum mit mir
geredet. Erst dachte ich, er würde mich zum Teufel jagen. In
seinen Augen hatte ich ihn ja verraten. Das bewies der Zettel,
den meine achsotolle Mutter auf den Tisch gelegt hatte.
Danke, Mama! Und Torsten mit seinem Nazi-Verfolgungswahn –
der legte es nur drauf an, Joonas irgendetwas zu unter-
stellen und seine Worte zu verdrehen, bis etwas Rechtsradi-
kales dabei herauskam. Das war wirklich mies von Torsten.
~~Wir gingen sehr schnell, Joonas hielt meine Hand. Ich~~
~~war außer Atem, als er die Tür aufschloss und mich in seine~~
~~Wohnung schob.~~

~~Er hat mich wortlos ausgezogen. Dann hat er sich aus-~~
~~gezogen. Ich war so aufgeregt. Es interessierte ihn nicht,~~
~~ob ich es wollte. Aber ich wollte es … nicht. Nein, doch!~~
~~Er war wütend, er war ruppig. Ich hatte Herzklopfen, ich~~
~~genoss es. Wir beide miteinander verschlungen. Ich~~
~~richtete mich auf, strich ihm über die schweißnasse Stirn,~~
~~lächelte und versank in seinen Augen. – Was sollte es!~~
~~Wir waren verliebt und das war großartig. Wir taten alles,~~
~~was Verliebte tun. Ich werde mich nicht für das Beste in~~
~~meinem Leben entschuldigen. Wer sagt denn, dass man immer~~
~~alles verstehen muss? Ich weiß, Worte haben immer eine~~
~~Bedeutung. Aber sein Streicheln, seine Gesten, auch seine~~
~~Härte waren mir näher.~~

Tampere, Finnland – Mittwoch, 25. Juni – 9:10 Uhr
Artur Kekkonen schiebt den Laptop zu seinem Kollegen Grenberg hinüber. »Seppo, zeig mir bitte, wie man gelöschten Text sichtbar macht. Ich muss wissen, ob da noch mehr stand …«

Ein paar Klicks später sieht Kekkonen, dass Clara den letzten Abschnitt gelöscht hatte. Jetzt steht er wieder da.

»Hmm«, brummt er beim Lesen, »das interessiert mich nicht so sehr …«

Grenberg grinst.

»Aber die Joonas-Geschichte bekommt langsam Form, Seppo. Joonas, der selbst ernannte Kämpfer für die Rettung der Kultur des Abendlandes – wie weit wird er gehen?«

Kekkonen liest aufmerksam weiter.

»Es ist doch alles gut, oder?«, fragte ich Joonas später. Noch im Bett.

»Nein«, sagte er abweisend. »Nichts ist gut. Ich bin traurig und von mir aus kannst du auch traurig sein.«

Er stand auf und ging zur Tür. Er drehte sich um. Seine Augen waren dunkel. Er war wütend. Das sah ich.

»Sieh zu, dass du am Wochenende frei hast. Ich besuche LoLa, und ich möchte, dass du mitfährst.«

»Warum? Was willst du in ...«

Weiter kam ich nicht. Joonas machte zwei, drei Schritte auf mich zu. Packte mein Gesicht, zog es ganz nah zu sich und zischte: »Mach doch einfach mal, was ich dir sage. Ja? Zwischen Mann und Frau muss man nicht alles diskutieren.« Dann ließ er mich los.

Und ein eiskalter Blick traf mich. Gleichzeitig spürte ich, dass Joonas innerlich brannte. Er zog mit einem Ruck die Bettdecke weg. Ich war so sauer. ~~Und doch, hätte er mich jetzt noch einmal genommen, ich hätte laut Ja gerufen.~~

»Warum machst du das? Mir ist kalt.«

»Du musst dir Klamotten besorgen.«

»Ist schon klar, Joonas. Ich bin nackt. Gib mir die Decke.«

Joonas sah mich noch einmal an, dann gab er sie mir.

»Bis zum Mittag sind wir in LoLa. Anschließend habe ich einen geschäftlichen Termin. Dein Vater weiß Bescheid. Dafür brauchst du seriöse Klamotten. Es ist ein wichtiger Termin bei einem einflussreichen Mann. Wir hoffen, dass er ein guter Kunde wird.«

Wie ich das hasste, wenn Joonas sich so aufblies. Einerseits. Aber Joonas war auch – gerade dann – der Junge, den ich küsste. Ich versuchte, beides zusammenzukriegen. Das war alles so widersprüchlich. Oder kam es mir nur so vor? Joonas blieb der Junge, den ich küssen wollte. Wie damals am Anfang. Ich wünschte, wir wären für immer in diesem *Starbucks* sitzen geblieben.

Immerhin ließ Joonas mich wissen, dass das Meeting dem geschäftlichen und privaten Kennenlernen dienen sollte. Er arbeitete seit einiger Zeit in Papas Büro. Ich glaube, Papa hat das auch gemacht, um Mama eins auszuwischen. Andererseits war Joonas sicher ein guter Mitarbeiter, zuverlässig, intelligent. Ich spürte hinter seiner noch nicht verrauchten Wut, dass er auch stolz war. Stolz auf sich. Der Kunde legte großen Wert darauf, dass Joonas als »Repräsentant der Firma Sommerhage« persönlich vorstellig wurde. Genau das waren seine Worte. Es amüsierte mich, aber ich tat den Teufel, es mir anmerken zu lassen. Das war Joonas Turunen! Ob LoLa im Vergleich zu diesem Besuch nicht mehr so wichtig war? Jetzt lag LoLa nur noch am Weg wie ein beliebiges Ausflugsziel, gerade mal einen Abstecher wert, um dem Töchterchen vom Chef die Gegend zu zeigen. Wie großzügig. So jedenfalls tat er.

»Ist es dir egal, wenn ich traurig bin?« Die Frage bedrängte mich immer noch. Ich biss mir auf die Lippen. Ich kam mir vor wie jemand, der um Almosen bettelt. Und doch war es genau das, was mich zu ihm hinzog.

Er hatte mir nicht zugehört, war wortlos gegangen. Im Bad rauschte bereits das Wasser, Joonas stand unter der Dusche. Er hörte mich nicht. Ich hoffte, dass er sich die Wut abwusch und sie im Abfluss davonschwimmen ließ.

Ich drückte die Lamellen der Jalousie auseinander. Die Tage wurden spürbar länger. Das Abendlicht gefiel mir. Der Himmel leuchtete dunkelblau. Ich überlegte. Wenn Joonas mich auf seine Reise mitnahm, dann vertraute er mir, dann wollte er mit mir zusammen sein und mich auch mehr über seine Projekte wissen lassen. Morgen und übermorgen und vielleicht immer. Ich freute mich. Und doch zitterte ich, weil ich gespannt war, mit welcher Laune er aus dem Bad käme. So legte ich mich ins Bett und tat, als ob ich fernsehen würde.

Joonas war fertig im Bad. Nichts war zu hören außer den Geräuschen aus dem Fernseher, die gedämpft im Zimmer standen. Joonas küsste meinen Nacken und ich tastete nach ihm. ~~Ich zitterte vor Erregung, vor Spannung, lag mit dem Gesicht nach unten und Joonas kniete zwischen meinen Beinen. Er rückte sie etwas zurecht, ohne Eile, mit den Händen auf meinen Hüften. Ich zitterte, es war etwas wie Angst, das mich überrollte. Oder war es Glück? Joonas war da. Er war ein Teil von mir. Und ich war glücklich.~~

Später ging ich zum Herd, füllte Wasser in den Kessel, zündete die Gasflamme an, schaufelte Instantkaffee in eine Tasse und wartete, bis das Wasser kochte. Ich schlüpfte in ein Shirt, trank Kaffee und hatte Lust, eine Runde um den Block zu drehen. Ich wollte den Kopf frei bekommen.

Joonas war nicht mehr so abweisend. Er war wie immer. Na ja, eine Zeit lang ließ er mich links liegen und es gab nicht allzu viele zärtliche Gesten. Obschon ich mich gerade dann wie verrückt nach seiner Zärtlichkeit sehnte. Ich bemerkte auch, dass sein Ton strenger geworden war, dass er mich häufiger zurechtwies. Sagte, dass ich dies oder das tun oder lassen sollte. Na ja, immerhin war er ein Mann mit Prinzipien, der wusste, was er wollte. Und ich saß da wie ein ängstliches, angeschossenes Häschen und hatte nur Angst, dass er mich verließ.

Die Anzeigentafel zeigte den ICE nach Hamburg an, Abfahrt
auf Gleis sieben. Raucher standen vor den offenen Türen und
qualmten in den Morgen. Es war früh und eiskalt.
Joonas hatte sich in seinen besten Anzug geworfen und
hielt den Mantel sorgfältig gefaltet über dem Unterarm. Das
dunkelblaue Businesshemd hatte noch die Bügelfalten aus
dem Laden. Ich glaube, er war nervös. Er sah toll aus. Joonas
hatte mir gesagt, wie mein Outfit zu sein hätte. Mausgraues
Businesskostüm, der Rock eine Handbreit über dem Knie.
Blickdichte Nylons. Keine halben Sachen. Wenn schon, denn
schon. Meine Aufgabe war simpel: Ich sollte gut aussehen.
Das sagte er mir genau so.
Joonas war mit mir einen halben Tag durch die Geschäfte
gezogen, bis er zufrieden war. Ich konnte ihm flache, bequeme Schuhe abtrotzen. Ich hatte keine Lust, mir in High
Heels die Füße zu verrenken. An der Kasse zog er das Geld
aus der Tasche, zählte es auf den Kassentisch. Ich war
beeindruckt.
Wir hatten Fensterplätze mit Tisch in einem Großraumwagen.
Joonas verteilte unsere Sachen über die beiden andern Sitze.
Er wollte, dass wir allein und ungestört blieben. Dann interessierten wir uns für die Landschaft, die am Fenster vorbei-
zog. Ich hatte Brote geschmiert, wie Joonas sie mochte.
Warum ich das alles machte, war mir rätselhaft. Aber ich mach-
te es, war irritiert und fasziniert. Joonas sprach nicht viel.
Ich zupfte meinen Rock zurecht. Wollte cool sein. Für ihn.

Von unserem Aufenthalt in Hohenlockstedt hatte ich mehr
erwartet. Im Zug erklärte Joonas mir, dass der Ort früher
»Lockstedter Lager« geheißen habe. Schon die Preußen hätten
das Gelände als Truppenübungsplatz genutzt. Im Ersten Weltkrieg war es Garnison für mehrere norddeutsche Regimenter.
In jener Zeit wurden hier auch Soldaten aus Finnland aus-
gebildet, die nannte man *Finnische Jäger*. Die Männer dieses
Bataillons waren der Kern der späteren *Finnischen Armee*.
Ein dicker Wasserturm steht noch da, heute ein Aussichts-
turm. »Jedes Kind in Finnland kennt den Wasserturm, das
Wahrzeichen von LoLa«, sagte Joonas.
Wir sahen uns einen Gedenkstein an, Joonas las mir ehrfürch-
tig die Inschrift vor: »*Das mächtige Deutschland nahm Finn-
lands junge Männer auf und erzog sie in seinem ruhmreichen
Heere zu Soldaten.*« Dann besuchten wir das Museum, dort
hing auch das Foto, das ich schon kannte.
»Das ist die Keimzelle und die muss ausgebaut werden«, sagte
Joonas begeistert. »Sie haben die Freiheit Finnlands verteidigt. Weil diese Männer gekämpft haben und siegreich waren,
konnten wir finnisch bleiben, unsere Identität bewahren.
Alle Finnen verehren sie.« Und er summte eine Melodie, den
Jägermarsch. Dann sagte er: »Jeder Finne, der von diesen
Männern abstammt, ist etwas Besonderes.«
Mich hat das Ganze eher gelangweilt, deshalb habe ich nicht
weiter darüber nachgedacht. ~~Heute denke ich, dass Joonas
wirklich die Idee hat, das Erbgut dieser Männer wiederzu-
beleben.~~ Joonas machte Fotos, die er eifrig verschickte. Er
erzählte von seinen finnischen Freunden in Suonenjoki. Damals habe ich noch nicht kapiert, wo der Zusammenhang war,
dass sein Projekt, *LoLa II*, in Suonenjoki entstehen sollte.

Danach ging es weiter zu Joonas' Geschäftstermin.

»Dr. Wettfort ist prominent«, sagte er ernst.

»Du meinst, berühmt?«, fragte ich. »Für was ist der berühmt? Muss ich den kennen?«

»Er leitet ein großes Unternehmen, ist Jurist.«

Das Haus war grau, hatte weiße, hohe Fenster. Groß und herrschaftlich stand es da. So wie ich mir eine hundert Jahre alte Fabrikantenvilla vorstellte. Ein breiter Weg mit Kies und Buchsbäumen gesäumt, ein heller, großzügiger Aufgang. Die Haustür weiß, mächtig, mit geschnitzten Kassetten. Rechts und links eingerahmt von weißgrauen Marmorsäulen. Die Sonne schien auf die Fassade und machte alles noch einladender. In der Auffahrt stand eine silberfarbene Limousine.

Joonas stellte mich vor: »Clara Sommerhage, von *Immobilien Sommerhage*. Die Tochter des Inhabers. Meine Verlobte.«

Dr. Wettfort gab mir die Hand. Der Händedruck war fest und warm. Er lächelte freundlich, machte mir ein Kompliment. Er hatte ein strenges, schmales Gesicht, eine randlose Brille, dunkelblauen Anzug, weißes Hemd, farblich abgestimmte Krawatte. Er zwinkerte uns zu: »Ich führe ja auch so eine Art Familienunternehmen.«

Keine Ahnung, was er sonst noch sagte und machte. Ich hörte erst mal nur Joonas' Stimme: »Meine Verlobte.« Und davon war ich berauscht.

Wettfort führte uns durch einen langen Flur, vorbei an Glastüren, die den Blick freigaben auf einen Wohnraum und einen wunderbar weitläufigen Garten mit großen, alten Bäumen. Er führte uns danach durch eine Bibliothek, in der hohe Regale voller Bücher bis zur Decke reichten. In seinem Arbeitszimmer standen ein breiter Schreibtisch und eine

kleinere Sitzgruppe, in der wir uns niederließen. Der
Schreibtisch war mit Büchern und Papieren bedeckt.
»Wenn wir uns jetzt unterhalten«, sagte er mit großer
Bestimmtheit,»dann bleibt das Gespräch selbstverständlich
unter uns. Ich habe mich erkundigt: Joonas Turunen ist
ein erfahrener Anhänger unserer Idee. Ich freue mich auf
das Gespräch mit ihm und auch mit Ihnen.« Er beugte
sich, nachdem er Joonas zugelächelt hatte, zu mir herüber.
»Wenn ich heute Dinge äußere, die irgendwann vor
Gericht kommen sollten«, so sagte er,»werde ich dazu
schweigen oder sie leugnen. Doch ich hoffe natürlich,
das Gespräch bleibt absolut unter uns.« Er sah uns an.
Joonas nickte. Ich war erst mal verblüfft.
Er schenkte uns Wasser ein, bot uns Kaffee an. Er nahm
einen Schluck.
»Wir müssen mit unseren Ideen weiterkommen«, sagte er.
»Wir liegen bekanntermaßen am rechten Rand der Gesellschaft. Wir haben zwar Streitigkeiten untereinander, die mir
im Augenblick geregelt zu sein scheinen. Doch die Idee
steht immer über allem.«
Joonas übergab ihm ein Dossier aus dem Immobilienangebot
meines Vaters mit Angeboten zu größeren Hofanlagen in
näherer und weiterer Umgebung. Dr. Wettfort sagte, er wolle
ein Versammlungs-, Trainings- und Schulungszentrum
bauen, sonst komme die rechte Idee nicht voran.»Wir haben
Visionen, wir brauchen aber auch Schulungen, damit wir
alle an einem Strang ziehen. Damit die, die kommen, wissen,
was zu tun ist. Wir müssen es ihnen sagen. Mutig und konsequent.« Dabei legte er Joonas die Hand auf die Schulter.
Joonas nickte. Für ihn war das alles offenbar selbstverständlich. Für mich fremd.
Ich hatte mein iPad dabei, in meiner Tasche. Auf Joonas'

Wunsch lief die Aufnahmefunktion unauffällig mit, obschon
Wettfort sich das ja verbeten hatte.

Den Dialog habe ich nicht mehr im Einzelnen im Kopf. Die
meiste Zeit redete sowieso nur Dr. Wettfort. Aber ich weiß
noch Bruchstücke, die ich hier aufschreibe:
»Ich habe nichts gegen Ausländer. In meiner Firma arbeiten
Menschen aus vielen verschiedenen Ländern. Kluge Leute
sind darunter. Auch viele Türken. Gute Arbeiter sind das. Die
machen auch Arbeiten, die sonst keiner tun will. Aber ich
bin der Meinung, dass sie kein Recht haben, sich in Deutschland festzusetzen. ›Deutschland ist ein Einwanderungsland‹,
wenn ich das schon höre! Ich sage Ihnen, das Boot ist voll!
Noch mehr Überfremdung wäre unser Untergang, ökonomisch
und kulturell.

Und diese sogenannten Flüchtlinge, die in ihren Booten
übers Mittelmeer nach Europa wollen, ich würde die sofort
wieder nach Hause schicken. Das würde sie abschrecken,
es immer wieder zu versuchen. Die sollten sich lieber darum
kümmern, den Lebensstandard in ihrem eigenen Land zu
erhöhen. Jedes Volk muss sich selbst helfen. Mildtätigkeit ist
ja schön, aber wenn sich die Afrikaner gegenseitig umbringen, das ist doch nicht unsere Sache.

Die meisten Menschen hier bei uns sind gegen dunkelhäutige
Ausländer, erst recht wenn sie aus dem muslimischen
Umfeld kommen. Sie brauchen jemanden, auf den sie herab-
schauen können. Wir müssen diese Mehrheit hinter uns
bringen, dann können wir die politische Macht erlangen.
Demokratie ist gut, solange sie uns hilft, an die Macht
zu kommen.

Wir machen dabei nur mit, solange es nötig ist, das heißt,
bis wir die Übermacht haben.«
»Und dann räumen wir auf«, sagte Joonas an dieser Stelle.

»Als Erstes mit der Lügenpresse. In Deutschland ist die sehr rührig, auch bei uns in Finnland. Viele Rückschläge hat unsere Bewegung nur den Hetzkampagnen in den sozialdemokratischen Medien zu verdanken. Deshalb sollten diese sogenannten kritischen Journalisten als Allererstes zum Schweigen gebracht werden.«

Wettfort nickte. »Stattdessen brauchen wir starke Führer. Leute, die wissen, was Sache ist, und die Massen auch propagandistisch führen können. Und diese Leute müssen geschult werden. Dafür brauchen wir Ausbildungszentren. Wie Sie wissen, bin ich bereit, mich für unsere Sache auch finanziell zu engagieren ...«

»Für ein weißes Europa!«, ergänzte Joonas.

Er schielte zu mir herüber. Ich saß dort möglichst ungerührt, obschon ich innerlich aufgewühlt war und vieles kaum mitbekam. Doch die beiden schienen sich prächtig zu verstehen. Dr. Wettfort schlürfte an seinem Kaffee, redete dann weiter: »Die Führer müssen auch zu Mitteln greifen, die unpopulär sind. Sie müssen durchgreifen. Notfalls mit Gewalt. Punktuell eingesetzt ist sie äußerst wirkungsvoll.«

»Also zweigleisig vorgehen«, sagte Joonas. »Die Demokratie nutzen, bis wir die Machtmittel in der Hand haben. Aber auch gelegentliche Aktionen, um die Zähne zu zeigen und klarzumachen, wofür wir stehen.«

»Besser könnte ich es nicht sagen«, erwiderte Dr. Wettfort. »Ich bewundere Ihre Klarheit und Entschiedenheit, junger Mann!«

Die Sonne spielte mit Licht und Schatten und warf scharfe Kontraste auf den Schreibtisch neben der Sitzgruppe. Ich war fast atemlos vom Zuhören.

Joonas und er redeten dann noch über sein Unternehmen.
Es kam mir so vor, als sei Dr. Wettfort der Strippenzieher
hinter etlichen Aktivitäten. Sie sprachen auch über LoLa II
und von »durchführenden Gruppen vor Ort«. Auf jeden Fall
schienen sie gemeinsame Pläne zu haben, die sie aber vor mir
nicht genauer erwähnen wollten. Ich vermutete, dass die
beiden sich schon aus dem Netz kannten und sich dort kon-
kreter unterhielten.

Als wir endlich gingen, hielt ich immer noch den Atem an.
Ich war wütend, hatte Herzklopfen, war verwirrt. »Was war
das gerade?«, wollte ich fragen, hatte die Worte schon
auf der Zunge. Aber ich schwieg. Das war also die »Promi-
nenz«, die Joonas gemeint hatte. Für einen Augenblick sehnte
ich mich weit weg. Doch dann schob Joonas seine Hand in
meine und drückte sie.
»Das könnte ein Riesengeschäft werden«, meinte er. »Aber
vor allem, vor allem andern: Das ist einer, der was macht.
Solche Führungsköpfe brauchen wir.«
Da zog ich wie von selbst meine Hand aus seiner.

Mein Bericht 27
- - - - - - - -

Es war Nacht. Von Joonas hatte ich mich am Bahnhof verabschiedet und mich in ein Taxi gesetzt. Als wir uns trennten,
war es eigentlich wie immer. Joonas war ziemlich aufge-
kratzt. Ich war hundemüde. In ein paar Stunden musste ich
zur Schule.
Das Taxi hielt vor unserer Haustür.
Beim Aufschließen hörte ich die Stimmen meiner Eltern,
die miteinander stritten und, als sie mich hörten, verstumm-
ten. Ich versuchte, schnurstracks die Treppe hinauf in

mein Zimmer zu nehmen. Zu spät. Kaum war ich im Flur, fiel Mama über mich her. Musste das jetzt sein? Immer dieses Theater, Gefühlsausbrüche, Tränen. Öde, einfach nur öde war das.

»Was genau hast du dir dabei gedacht?«

»Wobei?«

»Welchen Schwachsinn bietest du mir heute an?«

Ich wollte einfach nur in mein Zimmer, die Tür schließen. Ich hatte keine Ahnung, warum Mama so außer sich war. Papa sagte es mir. Er saß im Wohnzimmer auf dem Sofa, die Hände im Nacken verschränkt, und sah zufrieden aus. Und angetrunken.

»Torsten wurde verhauen«, sagte er. »Deine Mutter glaubt, dein kleiner Nazifreund steckt dahinter.«

»Da gibt es nichts zu verharmlosen!«, keifte meine Mutter.

»Torsten wurde überfallen und zusammengeschlagen.«

Papa winkte ab.

Mama stand nah vor mir. Ihre Augen waren groß, als müssten sie etwas aus mir herausholen.

»Joonas kann nichts getan haben«, sagte ich. »Ich war den ganzen Tag und Abend mit ihm zusammen. Hallo? Er hat ein Alibi, wenn du darauf bestehst. Ich bin sein Alibi. Wir waren im Zug.«

Meine Mutter sah mich eiskalt an. »Immerhin gibst du zu, dass Joonas ein Alibi braucht. Du traust es ihm also zu.«

»Das ist doch Haarspalterei«, mischte sich mein Vater ein.

Ich setzte mich auf die Treppe und wartete einfach ab.

Ich versuchte, Joonas zu erreichen, aber sein Handy war aus. Also blieb ich einfach sitzen.

Wenig später hat mich meine Mutter ins Bett geschickt. Wie ein unartiges kleines Mädchen. Ich war verwirrt. Ich atmete tief ein und aus, knüllte mein Kopfkissen zusammen und schlug mit der Faust hinein. Ich war so müde.

Tampere, Finnland – Mittwoch, 25. Juni – 19 Uhr
Es ist windig. Der launische Himmel schickt Wolken hin und her, das Wetter wird sich ändern. Kekkonen holt sich einen Kaffee, lehnt sich zurück. Seine Lederjacke hängt über der Stuhllehne und knarzt unter seinem Gewicht. Frau Sommerhage sitzt neben ihm. Er spürt, dass sie sich Worte zurechtgelegt hat, die jetzt aus ihr herauswollen.
»Mir ist klar, dass Sie Claras Aussage brauchen. Aber wie lange soll das noch so weitergehen? Das mit dem schriftlichen Bericht und dass ich sie nicht mit nach Hause nehmen kann?«
Der Kommissar lehnt sich zurück, sieht sie an. »Ihre Tochter ist gerade heute so gut im Schreiben. Bitte lassen Sie sie noch weitermachen. Bitte noch einen Tag. Gerade ist sie bei dem Überfall auf Ihren Bekannten. Was genau ist da passiert?«

Michaela Sommerhage sprudelt sofort los. Sie ist offenbar dankbar, ihre Sicht der Dinge erzählen zu dürfen. »Wir waren in der Stadt. Torsten wollte das Auto aus der Tiefgarage holen. Ich hatte einen wichtigen Termin und Torsten wollte mich fahren. Ich wartete oben an der Ausfahrt, aber Torsten kam nicht. Schließlich bin ich hinuntergegangen.
Unten in der Tiefgarage fand ich ihn. Zusammengekauert neben seinem Auto, er blutete. Ich begriff zuerst nicht, was los war. Dann fiel mir ein, wie Joonas Torsten gedroht hatte. Jetzt hat er Ernst gemacht, dachte ich sofort. Torsten sagte immer, dass man der Gewalt dieser Leute entschlossen entgegentreten muss, bis sie verschwinden.«
Sie holt Luft, redet weiter. »Ich setzte Torsten ins Auto und fuhr ihn ins Krankenhaus. Er hatte mehrere Knochenbrüche und eine Verletzung am Auge. Er wurde gleich operiert. Wirklich, es war schlimm.«
»Wussten Sie, wo Clara zu der Zeit war?«

»Nein. Seit unserem letzten Streit hatte ich Clara nicht mehr gesehen. Ihr Handy war immer ausgeschaltet. Ich bin zur Polizei gegangen und wollte Vermisstenanzeige erstatten. Das war naiv. Kein Polizist sucht nach einer Sechzehnjährigen, die zwei Nächte nicht nach Hause kommt. Dabei wollte ich doch nur, dass die Polizei Joonas überprüfte. Ich hatte einfach kein gutes Gefühl. Diese Auseinandersetzung im Café ... Ich bin sicher, dass Joonas ein Schläger ist. Er war derart aggressiv. Und jetzt war Clara weg. Was blieb mir anderes als eine irre Angst?«

Kekkonen seufzt.

Michaela Sommerhage redet weiter: »Ich wollte dann Anzeige erstatten wegen des Überfalls. Der Polizist fragte, ob ich überhaupt Zeugin sei. Ich glaube, er hielt mich für hysterisch.

Ich rief meinen Mann an. Er beruhigte mich. Doch übelgenommen habe ich ihm, dass er die ganze Zeit wusste, wo Clara und Joonas waren. Das hat mich verletzt. Ich bin dann in unser Haus gefahren. Mein Mann und ich haben gestritten. Er hält ja so große Stücke auf Joonas. Fleißig sei er und gewissenhaft. Dabei geht seine Sympathie für Joonas nur gegen mich und Torsten, das ist eindeutig.

Spät in der Nacht kam Clara nach Hause. Ich wollte mit ihr reden, aber sie war völlig verstockt.«

Claras Mutter ist den Tränen nahe. »Sie lässt mich bis heute nicht an sich herankommen. Dieser Joonas hat sie im Griff.«

Mama kümmerte sich fast nur noch um Torsten, sie war jeden Tag bei ihm, nachdem er mit einem eingegipsten Arm aus dem Krankenhaus entlassen worden war. Die Stimmung zu Hause wurde immer frostiger.

Dann kam der Tag, an dem Mama auszog. Sie meinte, sie brauche jetzt klare Verhältnisse.

Mama hatte ihre Sachen ins Auto gepackt, stand in der Küche und sah traurig aus. Sie sagte, dass sie nicht mehr weiterwisse, dass sie hier nichts mehr tun könne.

Ich erkundigte mich nach Torsten. Er hatte Anzeige erstattet und hatte die beiden Täter beschrieben. Joonas passte da nicht hinein, er wurde nicht verdächtigt. Dass meine Mutter ihn dennoch für schuldig hielt, war klar. Für sie steckte er hinter allem. Ich habe darüber nicht weiter mit ihr gestritten.

Mama und ich haben dagestanden, uns gegenseitig angeschaut.

»Pass auf dich auf, Clara«, sagte sie. »Bitte!«

»Mach dir keine Sorgen«, antwortete ich.

Dann nahm sie ihre Tasche und ging, ich hörte die Haustür ins Schloss fallen.

Mit einem Mal war es still, viel zu still. Mama wohnte jetzt bei Torsten, Papa und ich waren allein in unserem Haus.

Tampere, Finnland – Mittwoch, 25. Juni – 21 Uhr
Clara geht hinaus auf die Terrasse. Barfuß fühlt sie die Wärme besser. Die macht angenehm müde. Sie spürt den Windhauch über den Bäumen und sieht die frischen Farben des Waldes. Stundenlang kann sie auf der Terrasse sitzen und auf den See blicken, während die Sonne auf ihre Knie scheint. Es ist ruhig und sehr schön hier.

Heikki wirft seine Steine. Er lässt sie aus der Hüfte übers Wasser springen.

Heikki hat Clara viel erzählt von den tiefen, undurchdringlichen Wäldern, von den Sümpfen, von den gefräßigen Mücken, von der unglaublichen Einsamkeit dieser Landschaft. Als wollte er sagen: Du bist hier am Ende der Welt, hier bist du verloren. Ach, Heikki, denkt Clara, ich bin hier ohne Joonas – und ohne ihn bin ich verloren.

Sie geht zum See hinunter und setzt sich in das warme Gras, das fast bis zum Ufer reicht.

Heikki lächelt sie an. »Alles in Ordnung?«, fragt er.

»Geht so«, sagt Clara.

»Du schaffst das«, meint Heikki.

Sie mag sein Lächeln. Mit Heikki ist alles viel leichter. Eine Weile schaut sie ihm zu, wie er flache Kieselsteine aufsammelt und sie so wirft, dass sie hüpfen und dabei Wellenkreise entstehen lassen, immer kleinere, bis sie im letzten Kreis versinken. Manche Steine springen mehr als zehn Mal auf.

»Wird dir das nie langweilig?«, fragt Clara.

»Geht so«, sagt Heikki.

Dann setzt er sich zu Clara ins Gras. Sein hellblondes Haar und sein Lächeln lassen sein Gesicht hell wirken. Ein hübscher Junge, denkt Clara.

»Kennst du die Band *Sunrise Avenue*?«, fragt sie.

»Na klar. Sind schließlich Finnen.« Heikki lacht.

»Hat dir schon mal jemand gesagt, dass du aussiehst wie der Leadsänger der Band, Samu Haber? Den finde ich süß.«

Er wird verlegen. »Na ja, ein bisschen vielleicht ...«, stottert er.

»Du hast auch den gleichen Akzent wie Samu. Woher kannst du eigentlich so gut Deutsch? Das wollte ich dich immer schon fragen.«

»Meine Mutter ist Deutsche«, sagt Heikki. »Sie hat es mir beigebracht.«

»Ist deine Mutter nach Finnland ausgewandert?«

»Meine Eltern haben sich auf der Fähre kennengelernt. Mein Vater hat damals schon als Ingenieur dort gearbeitet. Sie wollte eigentlich nur Urlaub in Finnland machen. Und gleich auf der Fähre hat sie sich in meinen Vater verliebt. Dann ist sie geblieben.«

»Richtig romantisch«, murmelt Clara und lächelt.

»Wir Finnen sind einfach unwiderstehlich«, meint Heikki lachend.

Clara lacht mit, doch tief drinnen spürt sie, wie ihre Sehnsucht nach Joonas immer größer wird.

Sie will zu ihm. Alleine wird sie es nicht schaffen, das weiß sie. Abhauen und sich irgendwie durchschlagen kommt nicht infrage. Wie denn auch? Ihre Mutter und Kekkonen lassen sie nicht aus den Augen. Eigentlich ist Heikki ihre einzige Hoffnung.

»Heikki, würdest du etwas für mich tun?« Sie schaut ihn direkt an. In seinen Augen ist ein warmes Funkeln. Sie weiß, dass er sie mag.

»Ja, klar«, sagt Heikki. »Was immer du willst. Dafür bin ich da.« Er wird rot und streicht über das Gras zwischen ihnen.

Clara nimmt allen Mut zusammen. »Vielleicht möchtest du mal deinen Vater in Turku besuchen?«, beginnt sie. »Du könntest eine Nachricht von mir dorthin bringen – an Joonas. Damit würdest du mir einen riesigen Gefallen tun.«

Heikki zögert.

Sie redet weiter: »Ich glaube, dass die Polizei nach Joonas sucht, ihn aber nicht finden kann. Ich habe niemandem verraten, dass ich eine Adresse habe, über die ich Kontakt zu ihm aufnehmen kann. Aber dir kann ich vertrauen. Sonst niemandem. Du brauchst ihm nur zu sagen, wo er mich findet. Heikki, das wäre ganz lieb von dir.«

»Du meinst, weil ich Meister im Der-Polizei-ein-Schnippchen-Schlagen bin?«, sagt er mit einem schiefen Lächeln.

»Tu es für mich, bitte«, flüstert Clara.

Heikki streicht wieder über das Gras.

Wenn sie sich in ihm getäuscht hat, verrät er sie, verrät die Adresse der Spedition, verrät Joonas' Versteck. Doch Heikki ist ihre einzige Chance.

Sie weiß, dass Joonas sie nicht vergessen hat. Aber um sie hier rauszuholen, muss er erfahren, wo sie ist.

Tampere, Finnland – Donnerstag, 26. Juni – 8 Uhr
Heikki macht sich auf den Weg. Unter dem Vorwand, seinen Vater besuchen zu wollen, der endlich mal wieder ein paar Tage zu Hause sei, hat er Artur gebeten, nach Turku fahren zu dürfen. Kekkonen hat ihm freigegeben. Im Gepäck hat Heikki Claras roten Schal und ihren Auftrag: »Gib Joonas den Schal, sag ihm, wo er mich findet. Ich warte auf ihn. Sag ihm das.«

Mit der Bahn ist man von Tampere bis Turku drei Stunden unterwegs. Viel Zeit, um nachzudenken. Heikki weiß nicht, ob er das Richtige tut. Möglicherweise setzt er seine Bewährung aufs Spiel. Was er weiß, ist, dass Clara mit dem Brand nichts zu tun hat. Das ist ganz sicher. Und dass sie diesen Joonas liebt und vermisst.

In Turku angekommen wickelt sich Heikki Claras roten Schal um den Hals und läuft ein Stück in Richtung Hafen, bis zu einer schmalen Anliegerstraße, die vor einem Metalltor endet. Das Tor ist verschlossen. Dahinter stehen hohe Hallen aus hellgrau lackiertem Wellblech mit kleinen Fenstern und großen Rolltoren über schwarzem Asphalt. Auf dem Hof parken vier Lastwagen, drei weiße und ein blauer. Heikki sieht das Schimmern des Sonnenlichtes auf den Dächern der Blechhallen. Kein Ton ist zu hören, niemand zu sehen. Heikki schlägt sich in die Büsche, bis er vor einem Zaun steht. Darin findet er ein Loch und schlüpft durch. Wie nach einem Drehbuch, denkt er. Ehe er eine Entscheidung treffen kann, was zu tun ist, tauchen zwischen den Lastwagen drei Schatten auf. Könnte Joonas dabei sein? Einer der Schatten hält ein Gewehr im Anschlag.

Heikki hat Herzklopfen. Auf was hat er sich da eingelassen?

»Hey, Leute«, ruft er, »bleibt locker. Wer von euch ist Joonas?«

»Wer will das wissen?«

»Ich bin Heikki. Clara hat mich geschickt.«

Der Blonde kommt auf Heikki zu. Die beiden andern bleiben im Schatten der Lastwagen.

»Warum schleichst du hier herum wie ein Einbrecher? Wie bist du auf das Gelände gekommen? Normale Leute benutzen die Klingel am Tor.«

»Ich dachte ...«, stottert Heikki, »Clara hat gesagt, ich soll nur mit Joonas sprechen. Und ich wollte kein Aufsehen erregen.«

»Das ist dir ja prächtig gelungen«, sagt der Junge grinsend und streckt ihm die Hand entgegen. »Ich bin Joonas.«

Doch dann sieht er Heikki misstrauisch an. »Wo ist Clara? Warum ist sie nicht selbst hier?«

»Clara ist in Tampere. Sie kann da nicht weg. Sie ...«

Bevor Heikki weitersprechen kann, fragt Joonas: »Woher kennst du Clara überhaupt?«

»Sie hatte sich verletzt und war im Krankenhaus hier in Turku. Da habe ich sie kennengelernt. Wir haben viel miteinander geredet. Dann bin ich mit nach Tampere gefahren, als sie ...«

»Du? Mit ihr?« Joonas' Blick wird stechend.

Heikki fühlt sich unwohl. Wie soll er das alles erklären?

»Du kannst mir glauben, Joonas. Hier ist Claras Schal, den hat sie mir extra mitgegeben ...«

»Nimm den Schal weg!«, zischt Joonas.

Heikki versteht nichts. Erst recht versteht er nicht die rasende Wut, die in den Augen des Jungen jetzt sichtbar wird.

»Nimm den Schal von deinem Hals!«, hört er Joonas befehlen, dann hört er nichts mehr. Etwas trifft ihn hart am Kopf und Heikki fällt nach hinten.

Als Heikki wach wird, kann er sich nicht rühren. Sie haben ihm Hände und Füße zusammengebunden und einen Stoffsack über den Kopf gestülpt. Er hört, wie eine Tür zuknallt und ein Schlüssel sich im Schloss dreht.

Mein Bericht 29
- - - - - - - - -

An einem Wochenende zog Joonas dann auch bei uns ein.
Er brachte seine Anzüge mit, seine Hemden, seine Schuhe.
Alles andere blieb in der Wohnung. Mir gefiel es, dass er
jetzt nah bei mir war.
Wir lagen im Bett, liebten uns und ich sah Joonas beim
Schlafen zu. Mein Zimmer schien mir so schön wie nie zuvor.
Ich konnte mir nicht vorstellen, dass es andere, weniger
schöne Tage geben könnte. Ich war glücklich.
Obwohl ich manchmal dachte, dass andere Menschen in
unserer Situation, also Verliebte, wenigstens ins Kino gingen.
Oder mal auf Partys. Doch das war nicht Joonas. Wir blieben
zu Hause, wie Spießer. Morgens, bei frischen Brötchen
und Kaffee, redeten wir über alles Mögliche. Dann zog jeder
für sich los. Ich ging zur Schule. Joonas arbeitete in Papas
Büro und er machte seine Sache gut. Höflich und mit ausge-

zeichneten Manieren, mochte ihn jeder. Das gefiel Papa, und es war ihm egal, ob Joonas das schauspielerte, wie Mama es ihm mal unterstellt hatte. Papa wusste natürlich, dass ich mit Joonas zusammen war. Einen Halunken hätte er ganz sicher nicht in meine Nähe gelassen. Und auch nicht in seine Firma. Joonas hatte eine Chance verdient und Papa gab sie ihm. Vielleicht war Joonas manchmal etwas eigen. Er hätte zum Beispiel jederzeit meinen Laptop benutzen dürfen, wollte aber nicht. An seinen eigenen Laptop ließ er niemanden. Ich glaube, in der Beziehung war er fast paranoid. Manchmal fuhr er mit Papas Auto so lange durch die Gegend, bis er einen ungeschützten Internetzugang für sein Smartphone gefunden hatte. Dauernd wechselte er die SIM-Karte. »Das gehört zu meinem Plan«, sagte er mit todernstem Gesicht, als ich ihn mal darauf ansprach. »Ich will nicht auffallen, nahe an der Unsichtbarkeit leben. Wie ein Agent oder ein Cyborg.« Dann musste er doch grinsen. Ich lachte auch, strich ihm über den Hinterkopf und tat, als müsse ich nach einem eingepflanzten Chip suchen. Joonas musste jetzt richtig lachen. Dann küssten wir uns. Seine Geheimniskrämerei nahm ich hin. Ich hatte auch Geheimnisse. Vielleicht grübelte Joonas mehr als andere. Manchmal verstand ich ihn nicht, manchmal kam er mir irgendwie verloren vor. Aber er war kein Spinner, nicht verbohrt oder fanatisch. Jedenfalls nicht in der Zeit, als er bei uns wohnte. Ich bin ganz sicher, Joonas mochte das alles. Es war etwas Handfestes. Es war die Wirklichkeit. Ein stinknormales Leben eben.

Über seine Familie hat Joonas fast nie gesprochen. Eine Geschichte allerdings hat er mir zweimal erzählt. Ich glaube, sie war ihm wichtig. Er war ungefähr vier oder fünf Jahre alt. Er hatte ein Kindermädchen, das wohl den überwiegenden Teil des Tages mit sich selbst beschäftigt war. Joonas sagte, seine größte Freude hätte darin bestanden, auf dem Spielplatz mit den Müttern der andern Kinder zu sprechen, sie zum Lachen zu bringen. Daran konnte er sich erinnern, nicht aber an seine Mutter und nicht daran, was sie damals tat. Er sprach darüber, als wäre seine Kindheit eine einzige Einsamkeit gewesen, die er nur knapp überlebt hatte. Geschwister hatte er nicht, einen Vater gab es nicht. Familienleben lernte er später aus den Erzählungen seiner Internatskumpel kennen. Sogar Nachbarn waren ihm fremd. Joonas, ein Fremder unter Fremden. Er war damals, glaube ich, sogar sich selbst fremd.

Meine Kindheit war ganz anders gewesen. Wenn ich aufwachte, pfiff unten in der Küche der altmodische Wasserkessel, der überhaupt nicht in Mamas Super-Hightech-Küche passte. Meistens plärrte das Radio und Mama sang dazu. Ich liebte es, frühmorgens in die Küche zu kommen und mit meinen Eltern zu frühstücken. Wenn ich aus der Schule heimkam, hat Mama immer gekocht. Ich setzte mich oft zu ihr in die Küche und sah ihr zu. Wir haben dabei geredet. Über alles. Ich weiß, das ist lange her und es hat vielleicht auch nichts zu bedeuten. Aber für mich war es mein vertrautes Leben.

Alles, was mit Computern zusammenhing, gefiel Joonas. Und er sagte, das sei schon immer so gewesen. Er war jeden Tag im Internet unterwegs, auch in Chatforen. Er war Klassensprecher gewesen und später sogar Schulsprecher. Joonas sang im Chor, war in der Theatergruppe, spielte Fußball, ruderte. Einer seiner Leistungskurse war Mathe. Er war ehrgeizig und wissbegierig. Nach dem Internat fiel er

in ein Loch, da begann er herumzuhängen. Vielleicht wurde er
da zum Einzelgänger.
Sicher gab es Probleme, die er mit sich herumschleppte.
Aber nichts von alldem hat mich abgeschreckt. Im Gegenteil.
Je länger ich mit ihm zusammen war, desto mehr fühlte ich
mich zu ihm gehörig. Alle Zweifel schlug ich in den Wind. Auch
wenn mir vieles fremd blieb von dem, was Joonas tat oder
erzählte. Aber es faszinierte mich. Es gehörte einfach dazu.
Ich liebte ihn wie verrückt. Ich liebte ihn, wenn er zu Bett
ging, wenn er aufstand und all die Zeit dazwischen. Ich fühlte
mich, als könnte ich über Wasser gehen. Ich hätte die Welt
umarmen können.

Mein Bericht 30
- - - - - - - - -
Auf dem Kanal tuckerte ein Frachtschiff vorüber. Die
Sonne schien, der Himmel war blau. Es war Mittag, Joonas
und ich saßen in der Küche. Papa kam die Treppe herunter,
lächelte uns zu und ging ins Wohnzimmer.
»Wir bekommen Besuch«, sagte Joonas. »Er bleibt ein paar
Tage. Dein Vater hat nichts dagegen.«
»Besuch? Wer?«, fragte ich.
»Er heißt Lutz. Interessanter Typ. Er hat gute Verbindungen
und wir arbeiten an einem gemeinsamen Projekt.«
Unsere Blicke trafen sich und seine Augen sagten: Frag bloß
nicht, das geht dich nichts an.
Joonas ging zum Kühlschrank, kam auf dem Weg ganz nah
an mir vorbei, drückte mir einen gehauchten Kuss in den
Nacken, schob mich sanft zur Seite, griff in das Gemüsefach
und kramte darin herum.
»Viel ist nicht da«, meinte er.
Das wusste ich auch. Gestern hatte ich nicht eingekauft und

heute hatte ich keine Lust. Im weißen Licht sah ich Joonas'
ernstes, schönes Gesicht.
Er schnaubte und machte die Kühlschranktür zu. »Ich habe
Hunger«, sagte er.
Ich schaute ihn an. Manchmal sah er aus wie ein kleiner
Junge. Dann wieder war er so stark, so selbstsicher. Joonas
hatte so viele Gesichter. Nur eines machte mir schon damals Schwierigkeiten. Er hatte so etwas wie einen Ring aus
Schweigen um sich herumgelegt. In dieses Schweigen
hinein fragte man nicht. Doch zugleich faszinierte mich das.
Ich atmete tief ein. Ja, da war es wieder: Ich war so
stolz, das Mädchen zu sein, das er liebte. Er war der Mann,
der mich auf starken Armen durchs Leben trug ...

Für den nächsten Tag hatte sich Lutz angekündigt. Joonas
hatte sich in Schale geworfen. Schwarze Jeans, blüten-
weißes Hemd, polierte Schuhe. Ich konnte mir nur schwer
ein Grinsen verkneifen. Er sah aus, als hätte er ein Date.
Er schaute immer wieder auf die Uhr. Er konnte es nicht abwarten, dass ich endlich verschwand und Lutz in der Tür
stand.
Ich musste zur Schule, hatte aber nur vier Stunden
Unterricht. Deshalb kaufte ich auf dem Rückweg im Super-
markt ein. Als ich zurück war, saß Lutz in der Küche am
Tisch, blätterte in der Zeitung und sah mir zu, wie ich den
Einkauf in die Vorratsschränke packte.
Lutz hatte ganz kurze Haare, ein schmales Gesicht. Er war
mittelgroß, schmächtig und trug eine dunkle Brille. Seine
Klamotten waren normal, Jeans, Shirt, Hoodie. Er wirkte wie
eine hyperaktive Mischung aus Nerd, Streber und Loser.
Ich war eigentlich enttäuscht.
Er sprach wie ein Wasserfall. Und jeder Satz war druckreif.

Seine Stimme klang ausgesprochen sympathisch. Er konnte auch gut zuhören. Man sah ihm dabei an, dass er ehrlich interessiert war. Bei näherem Hinsehen war er bestimmt Ende zwanzig, wirkte aber auf den ersten Blick jünger als Joonas.
Er trug, wenn er draußen war, einen schweren Ledermantel, der ihm drei Nummern zu groß war, und immer eine Strickmütze. Lässiger Urban-Style. Lutz hatte die merkwürdige Angewohnheit, alles zu sammeln, was ihm über den Weg lief. Smartphones waren für ihn tabu. Telefoniert wurde nur, um Pizza zu bestellen.
Er schlief nicht bei uns im Haus, obwohl wir Platz genug hatten. Lutz wollte das nicht. Er klingelte brav jeden Morgen, Joonas ließ ihn herein. Ich war schon in der Schule.
Wenn Papa kam, unterhielten sie sich höflich, und Lutz war an allem interessiert, was Papa zu erzählen hatte. Mich ignorierte Lutz. Er blickte durch mich hindurch. Er übersah mich auf die gleiche Art, wie es der ausländische Junge an dem Tag getan hatte, an dem ich Joonas kennenlernte. Joonas hing förmlich an Lutz' Lippen. Er gab mir mit den Augen zu verstehen, dass ich still sein sollte. Also versuchte ich, unsichtbar zu sein.
Lutz war der Mann mit dem Blog und den guten Verbindungen. Joonas sagte, dass Lutz ganz heiß darauf sei, ihn zu interviewen. Natürlich werde er Joonas' Namen nirgendwo nennen, aber dank Lutz komme die Sache in Schwung. Es ging dabei wohl um LoLa und ich dachte sofort wieder an diesen durchgedrehten Plan, diese DNA-Geschichte. Das Klonen der Soldaten der *Finnischen Armee*.
Joonas und Lutz redeten viel, über Theoretisches wie Zentralismus, Islamismus, Nationalismus, den europäischen Mann. Ich schnappte nur Bruchstücke auf. Meistens ging es

um die Rettung der westlichen Werte und ein im gleichen
Geiste vereintes Europa.
»Mutig – konsequent – national«, das war Lutz' Lieblings-
spruch, der fiel dauernd. Eigentlich konnte das alles
bedeuten, alles und nichts. Er dozierte aber auch gern über
»die Identitäre Bewegung« und »die Notwendigkeit, die
kulturell und volkswirtschaftlich schädliche Überfremdung
einzudämmen«. Die beiden haben manchmal stundenlang
diskutiert, wie man »national befreite Zonen« schaffen könne.
Joonas konnte sich da ziemlich hineinsteigern.
»Es gibt bei euch aber leider keine echten Führungspersön-
lichkeiten, kann das sein?«, sagte Lutz.
»Das stimmt nicht«, widersprach Joonas. »Wir müssen es
selbst in die Hand nehmen! Wir.« Und er nannte noch ein paar
Namen.
»Seit ihr eure Strategie geändert habt und vor allem auf
die politische Arbeit setzt, geht es voran, das ist richtig«,
meinte Lutz. »Auf den unteren Ebenen, in den Kommunen und
Behörden, da mischen eure Leute schon ganz gut mit. Aber
es fehlen immer noch die wirklich fähigen Köpfe mit Über-
zeugungskraft für die breite Masse.«
»Ich bin da zuversichtlich«, sagte Joonas. »Bald werden
wir in Europa in fast allen Parlamenten vertreten sein, davon
bin ich überzeugt. Auch ich arbeite daran …«
Ernsthaft, Joonas wäre sicher ein guter Politiker. Wenn er
redet, ist alles so klar und logisch. Und er will etwas bewir-
ken, die Gesellschaft zum Besseren verändern. Das bewundere ich am meisten an ihm. Und diese Leidenschaft, die in
allem zum Ausdruck kommt, was er sagt und tut …
Dieser Lutz dagegen war ziemlich von sich eingenommen,
fand ich auf jeden Fall. Immer wieder hat er das Thema
auf seinen achsotollen Internetblog gebracht. Zum Beispiel,

als Joonas sich über Presseberichte aufregte, die seiner
Meinung nach den gesunden Menschenverstand des Volkes
verderben würden. »Lügenpresse«, meinte Lutz. »Habe ich
doch immer gesagt. Mein Blog sollte Pflichtlektüre werden.«
Dabei lachte er verschmitzt.
Was mir noch weniger gefiel, war, wie Lutz mich behandelte.
Wann immer ich mich zu Wort meldete, ignorierte er es
oder sagte etwas Beleidigendes.

»Deine Freundin redet von Dingen, von denen sie nichts
versteht«, sagte er einmal. Knallhart und von oben herab.
Dafür habe ich Lutz gehasst.
Ich fand es allerdings noch grausamer, wenn Joonas mich
zurechtwies oder in strengem Ton befahl: Tu dies, lass das!
Nur wenn wir allein waren, war Joonas lieb zu mir. ~~Bei seinen~~
~~Küssen versank die Welt um mich herum und mir wurde~~
~~ganz heiß. Und dann sagte er wunderbar zärtliche Dinge.~~
Aber wenn Lutz da war, verfiel er regelmäßig in den Befehls-
ton. Wenn ich mich beschwerte, sagten die beiden, ich
wäre schwierig.
Am liebsten hätte ich Lutz angeschrien, so wütend war ich
manchmal. Auch weil ich den Eindruck hatte, dass er Joonas
immer noch mehr anstachelte, mit Sprüchen wie: »Da
braucht es eine Feuerkur!« Als sie einmal davon sprachen,
»schädliche Elemente zu vernichten«, ergänzte ich spöttisch:
»Der Tod ist ein Meister aus Deutschland ...«
Sie grinsten. Offenbar wussten sie nicht, worauf ich an-
spielte.
Ich suchte in meinem Zimmer das Gedicht *Todesfuge* von
Paul Celan und las es. Wir hatten es im Unterricht bei Torsten
besprochen und es war mir sehr unter die Haut gegangen.
Während ich das Gedicht jetzt noch einmal las, merkte ich,

wie sehr ich mich verändert hatte. Die Bilder waren mir fremd. Damals waren sie mir so nah gewesen. *Schwarze Milch der Frühe*, das wirkte für mich fast lächerlich. Als brauchte ich keine Bilder mehr. Ich lebte nur noch in einer Gegenwart mit Joonas, die durch Lutz auf seltsame Weise verengt wurde. Ich weiß, ich habe damals noch gedacht: Sie haben keine Bilder, Lutz und Joonas. Stattdessen haben sie nur Formeln. Und sie haben LoLa und die *Neue Finnische Armee*. Das ist ihr Traum. Und was hatte ich?

Aber da lag ich schon im Bett und dachte nur: »Weg mit den Gedanken!« Und ich schaute noch einmal hoch. Joonas saß im Sessel, auf seinen Knien sein Laptop.

Ich hatte Joonas.

Tampere, Finnland – Donnerstag, 26. Juni – 19 Uhr

Das Funkgerät rauscht. Niemand sagt etwas. Lutz Wagner ist bei Kekkonen. Der schaltet das Gerät aus und wirft einen schnellen Blick auf die Fotos, die vor ihm liegen. Sie zeigen Lutz Wagner aus der Entfernung und Lutz Wagner an einem Tisch sitzend. Michaela Sommerhage hat ihn fotografiert. Für alle Fälle, sagte sie. Artur kann Lutz Wagner nicht leiden. Er kann nicht sagen, aus welchem Grund.

»Was ist das denn, verdammt?« Wagner zeigt auf die Fotos.

»Passen Sie auf, was Sie sagen, Lutz. Bei uns in Finnland wird nicht geflucht.« Kekkonen grinst ihn an.

»Entschuldigung. Ich merke es mir. Am besten fange ich noch einmal von vorne an. Mein Name ist Lutz Wagner. Ich bin mit Michaela Sommerhage nach Finnland gereist. Sie brauchte meine Unterstützung. Aber das wissen Sie ja. Was wollen Sie von mir?«

Kekkonen nickt. »Ich sage Ihnen, was ich von Ihnen will.

Mir ist klar, dass Sie mir viel erzählen können. Sie können mir praktisch alles erzählen. Und ich kann Ihnen alles glauben oder auch nicht. Frau Sommerhage gegenüber haben Sie behauptet, dass Sie Joonas Turunen in der deutschen Neonazi-Szene getroffen haben und dass Sie Beweise dafür haben, dass er aktiv zur Szene gehört. Wie offen können wir uns unterhalten?«

»Sie müssen mir Vertraulichkeit zusichern. Ich sage sonst kein Wort. Als Journalist muss ich meine Quellen nicht preisgeben.«

»Dann betrachten Sie das hier bitte als völlig unverbindliches Gespräch. Ich stelle Ihnen ein, zwei Fragen. Dann sehen wir weiter.«

»Gut. Stellen Sie mir Ihre Fragen.«

»Sie sind also der junge Mann, mit dem die Sache ›in Schwung‹ kam?«

»Bitte?«

»Das war ein Zitat aus Claras Bericht. Sie wissen, worum es geht. Kurz nachdem Sie in dieser Geschichte auftauchen, packt Joonas seine Siebensachen und haut zusammen mit Clara nach Finnland ab. Sagen Sie mir, worum geht es bei dieser Sache? Was haben Sie zusammen mit Joonas Turunen geplant?«

»Eins muss klar sein: Ich habe gar nichts geplant«, erwidert Lutz Wagner. »Mir ging es um die Story. Und Joonas Turunen? Da wird jede Menge Unsinn erzählt. Plötzlich ist jeder Experte. In der Szene wurde sogar gemunkelt, dass dieser Junge von Schatten aus dem Totenreich verfolgt würde. So etwas kann man doch nicht glauben. Zweifelsfrei ist Joonas ein Rechter, ein Neonazi mit reichlich krausen Ideen im Kopf. Da musste es bei mir einfach Klick machen: Skandinavier, rechts, ein bisschen verrückt. Über der Geschichte sehe ich eine Schlagzeile, die aus einem Namen besteht: Anders Behring Breivik.«

»Was hat Breivik damit zu tun?«

»Joonas hat sein Manifest gelesen. Das kann nicht jeder von sich sagen. Er redet zwar gerne vom Weg durch die demokratischen Institutionen, flirtet aber mit Methoden, die das Ganze beschleunigen könnten. Soweit ich weiß, arbeitete er schon länger an einer Anleitung für das Leben im Untergrund. Die Liederabende und das Kleben von Wahlplakaten möchte er gerne anderen überlassen.«

»Wie haben Sie und Joonas sich kennengelernt?«

»Ich sagte ja schon, ich bin freier Journalist und ich recherchiere im Umfeld der deutschen Neonazi-Szene. Ich handele mit Nachrichten, mit Insider-Informationen. Zu meinen Kunden zählen große Nachrichtenagenturen, über hundert Lokalzeitungen, ungefähr zwanzig namhafte Redakteure von überregionalen Zeitungen. Wir beschäftigen uns ausschließlich mit den neuen Nazis. Wir erfüllen unsere Informationspflicht. Und nebenbei jagen wir sie. Wir sabotieren sie. Wir schleusen uns in die Szene ein – als U-Boote.«

»Immer alles im Rahmen der Legalität, nehme ich an.«

»Selbstverständlich. Wir betreiben zum Beispiel ein Forum, mit dem ist ein Chat verlinkt. Da wird natürlich viel dummes Zeug geredet. Manchmal aber auch nicht. Und genau dann wird es interessant. Bei diesem Forum muss man sich einloggen, registrieren, man hat einen Benutzernamen. Wir garantieren Anonymität. Soweit das eben geht.«

»Und dabei haben Sie dann Joonas Turunen gefunden?«

»So blöd ist er nicht. Er kommt nicht vom Mond. Es gab einen Kontakt, der sehr konkrete Fragen stellte. Diese Fragen betrafen eine bestimmte Person. Wir fanden das interessant. Ich habe mich darum gekümmert. Über diesen Kontakt stieß ich auf Joonas Turunen.«

»Ich brauche den Namen der Quelle. Könnten Sie jetzt bitte

mal auf die ganze Geheimniskrämerei verzichten?« Kekkonen wird schroffer. »Solange wir hier reden, ist alles inoffiziell. Ich kann Sie aber auch in meinen Wagen packen und wir setzen unser Gespräch auf einem Polizeipräsidium fort. Dann wird alles aktenkundig. Das wollen Sie doch bestimmt nicht.«

»Warum so sauer? Ich versuche doch zu helfen.«

»Hören Sie auf mit dem Drumherumreden. Um wen ging es? Ich will Namen hören.«

»Na gut. Der Besucher nannte sich ›Kid A‹ und wollte auch Informationen, die Joonas Turunen betrafen. Ich habe dann Kontakt zu Paul Beul aufgenommen. Der ist kein Unbekannter. Wir haben eine topgepflegte Datenbank. Aber davon mal abgesehen, ich kenne Paul Beul seit Jahren, noch aus der Zeit, als ich anfing, mich für die Rechten zu interessieren. Ich habe mich damals bei den Neonazis eingeschlichen. Undercover. Ich schrieb Artikel, die in diversen Zeitungen gedruckt wurden. Ich half, Online-Aktivitäten zu entwickeln. Das war eine meiner Aufgaben bei den Rechten. Ich kam herum und lernte Leute kennen.

Paul war einer von denen. Ich lernte ihn kennen, als er ein Konzert mit der Skinhead-Band *Hauptkampflinie* organisierte, in einem Laden, der *Zum Grünen Wald* hieß. Die Gaststätte lag etwas abseits und er nahm mich einige Male in seinem Wagen mit. Paul war ein Aktivist vom *Thüringer Heimatschutz* und er gehörte zum Führungskreis der rechten Szene Jena. Total alte Schule ist das. Paul gilt als jemand, der nicht ständig alles hinterfragt. Er macht einfach, was man ihm sagt. Er lebt vom Musikgeschäft. Musik für patriotische junge Menschen mit Hang zur Romantik. Musik, die die Herzen der Menschen erreicht. Das ist sein Konzept. CDs, Klamotten, Konzerte.«

Kekkonen macht sich Notizen.

Lutz Wagner redet weiter: »Paul ist in der rechten Szene fest verankert. Er hat ein Auge für Talente. Politik oder Straßen-kampf. Wenn Paul sagte, der kann was, der macht das, dann war das wie ein Gütesiegel.«

»Paul Beul und Joonas, wie ging das zusammen?«

Lutz nimmt die Brille ab und streicht sich mit Daumen und Zeigefinger über die Nase. »Als Joonas in Deutschland war, brauchte er Arbeit und suchte Kontakte. Und Paul hatte beides für ihn.«

»Sie haben Joonas also über Beul kennengelernt. Wie lief das ab? Lassen Sie mich raten. Da gab es diese Anfrage von Kid A, in der Joonas Turunen erwähnt wurde, und da haben Sie sich gedacht: ›Fein, da schau ich doch mal nach, was mein alter Kumpel Paul Beul so macht.‹«

»Ja, so ungefähr. Ich habe bei Paul geklingelt und da hat Joonas aufgemacht.«

»Joonas hat Sie ziemlich schnell ins Vertrauen gezogen. War er nie misstrauisch, was Sie betraf?«

»Ich nehme an, meine Tarnung war perfekt«, sagt Lutz. »Zuerst redeten wir nur oberflächlich über dies und das. Das war so eine Art Abtasten. Zum Beispiel sprachen wir darüber, wie albern es ist, mit Metalldetektoren im Wald herumzustiefeln und Wehrmachtsreliquien zu suchen. Oder über Kleidung. Er kleidet sich so neutral wie möglich. Keine extremen politischen Äußerungen in der Öffentlichkeit. Vor allem, wenn die Themen durch die Mediennetze negativ belastet sind.«

»Ja, die Strategie ist uns bekannt. Weiter.« Kekkonen legt seinen Stift zur Seite.

»Es wurde ja bald interessanter. Wir spielten uns die Bälle zu. Stichworte. Wir sprachen über Südafrika, den Buren-staat. Wir tauschten uns aus über das *AG-Südland*, über *Lion-heart, Mad Nick, Fjordman*, die *Weißen Wölfe*, die *Terrorcrew*, die *Hamburger Kameradschaft, Order777*. Worüber wir redeten, war eigentlich Internetwissen. Jeder halbwegs Interessierte kann sich das zusammengoogeln. Aber ich bekam ein Gespür dafür, dass Joonas authentisch ist, ernsthaft und echt. Mir wurde klar, dass ich an einer echten Geschichte dran war.«

»Wann haben Sie Familie Sommerhage kennengelernt?«

»Ich habe Joonas später besucht, im Haus seiner Freundin Clara. Dabei habe ich auch ihren Vater kennengelernt. Frau Sommerhage wohnte nicht mehr dort. Mit ihr habe ich erst nach Joonas' Abreise Kontakt aufgenommen, für meine Recherchen. – Joonas sprach über seine Zeit nach dem Internat. Ein Tag sei wie der andere gewesen, endlos lang. In dieser Zeit muss er sich verändert haben, das vermute ich. Etwas muss passiert sein. Joonas zog sich zurück, bewegte sich im Internet, echte Kontakte hatte er keine. Joonas hatte das Gefühl, völlig isoliert zu leben, ohne Ziel. Ohne echte Aufgabe, nur auf sich konzentriert. Er sagte, er habe immer gewusst, was ihm fehlte. Ihm fehlte ein Mensch und ihm fehlte ein Ziel. Etwas, was Sinn ergibt.«

Lutz Wagner räuspert sich, nimmt einen Schluck Wasser.

»Dann zog er los, fuhr quer durch Europa. Nirgendwo blieb er länger als zwei bis drei Wochen. Bevor er nach Deutschland kam, lebte er ein paar Monate in der Nähe von London. Er wollte nicht verraten, wo.«

»Das sind hübsche Geschichten.«

»Das sind keine Geschichten.«

»Mir ist das alles zu glatt. Für meinen Geschmack hört sich das an wie zurechtgelegt. Woraus besteht denn Ihre sensationelle Story?«

»Der Weg zur Spinne führt über das Netz.« Lutz tut geheimnisvoll.

»Kommt jetzt der große Unbekannte?«, fragt Kekkonen.

Eine Pause entsteht. Dann fährt Lutz fort. »Was wissen

wir von einem Terroristen? Seinen Namen? Sein Motiv? Wir wissen nichts. Selbst ein Einzeltäter handelt nicht allein. Es scheint nur so, weil er wie eine Marionette an unsichtbaren Fäden geführt wird. Im Augenblick der Tat werden diese Fäden gekappt. Die Strippenzieher verschwinden in einem verschleiernden Nebel und von den Fäden findet man bestenfalls nur noch lose Enden. So war es schon damals beim Oktoberfest-Attentat in München!«

Pathetischer geht es kaum, denkt Artur Kekkonen, der redet ja wirklich wie gedruckt. Und doch: Irgendwie hat Lutz Wagner recht.

»Hören Sie, Herr Wagner, vielleicht können Sie sich für einen Moment auf das Wesentlichste konzentrieren. Ich muss von Ihnen wissen, was Joonas Turunen vorhat. Was genau ist sein ›Projekt‹?«

»Ich habe ihn nach Rostock an die Fähre gebracht. Ihn und Clara. Er wollte sich bei mir melden. Ich habe aber danach nichts mehr von ihm gehört. Bis mich Frau Sommerhage anrief und um Hilfe bat.«

»Also wissen wir nichts«, murmelt Kekkonen.

»Nein«, antwortet Lutz Wagner, »wir wissen noch nicht einmal, ob er eigenständig agiert oder ferngesteuert wie eine Marionette. Es tut mir leid, das ist alles.«

»Wir wollen weg«, meinte Joonas. Wie aus heiterem Himmel
kam er damit. Gut, er hatte mal davon gesprochen, dass
ich hier rausmüsse, dass er mit mir nach Finnland wolle. Aber
wieso so plötzlich?

»Jetzt sofort?«, fragte ich daher. Und: »Wer ist ›wir‹?«

»Frag nicht so viel.« Joonas nahm mich in den Arm und
flüsterte:»›Wir‹, das sind wir beide. Wir gehören doch zusammen.«

Seine Worte machten mich froh. Sofort wollte ich auch fahren.

Er meinte, er müsse erst mal seine Wohnung bei Paul Beul
auflösen.

Ich erschrak. »Für wie lange fahren wir denn weg?«

Er konterte mit der Ermahnung: »Du fragst schon wieder.«

Und er zwickte mir dabei zum Spaß in den Arm.

Gemeinsam packten wir Joonas' Sachen ein. Wir stopften das
meiste in Müllsäcke, nur wenig blieb für seine Tasche.

»Weiß Paul Bescheid?« Die Frage konnte ich mir nicht verkneifen.

Er nickte.

Ich schlug vor, die Säcke in unseren Keller zu bringen. Da sei
genug Platz.

»Doch nicht in euer Haus! Was nicht in die Tasche passt,
kommt weg.« Er setzte wieder sein wissendes Gesicht auf.

»Du musst immer alle Spuren hinter dir beseitigen.«

Ich dachte sofort daran, dass er auch alle paar Tage die
SIM-Karte in seinem Handy austauschte. Ich hatte das bisher
für einen Tick gehalten.

»Aber die Wege eines Menschen müssen doch nachvollziehbar
sein«, erwiderte ich.

»Gerade nicht. Alles muss so sein, als wäre ich nie da gewesen.«

»Aber ...«, wollte ich sagen. Doch ich schwieg. Joonas wusste immer so genau, was zu tun war. Und das setzte er auch durch. Genau das beeindruckte mich – immer wieder von Neuem. Wir reinigten die Wohnung bei Paul. Das Badezimmer und die Küche wurden desinfiziert, der Fußboden gewischt, die Fenster geputzt. So gründlich, als müsse jede, aber auch jede Spur verwischt werden. Sämtlicher Müll wurde unter Protest von Joonas, der ihn lieber anonym entsorgt hätte, in den zum Hause gehörenden Müllcontainer getan, der aber eine Stunde später geleert wurde.

Danach fuhren wir wieder zu mir nach Hause.

Joonas musste noch eben in Papas Büro, kam aber dann zurück und wedelte mit einem Bündel von Geldscheinen.

»So viel hast du verdient?« Ich konnte es kaum fassen.

Er grinste nur und meinte: »Fast.«

Was das »fast« bedeutete, habe ich erst sehr viel später begriffen. Damals verließ ich mich darauf, dass er das alles mit Papa geregelt hatte. Papa war oft sehr großzügig. Nachdem er auch sein Zimmer bei uns mit genau der gleichen Gründlichkeit geräumt hatte, drängte er zum Aufbruch.

Der Abschied von zu Hause fiel mir erst leicht – nach dem Tumult der letzten Wochen mit Mama. Ich dachte: Sollen die mal sehen, wie sie ohne mich zurechtkommen. Vor allem für Mama war ich doch eher ein Störfaktor gewesen, nur jemand am Rande neben ihrem großartigen Torsten. Sollten die mal sehen. Auch wenn Papa mir damals schon ein bisschen leidtat.

So kurz vor unserm Aufbruch hatte ich sehr gemischte Gefühle. Da war die Liebe, die mich hüpfen ließ. Da war das Neue, das mich lockte. Das große Unbekannte, von dem Joonas immer sprach. Ich war so gespannt auf die Abenteuer, die vor uns lagen.

Aber dann glitt mein Blick über das Bett, den Schreibtisch, die Regale, den Schrank, die Wand mit all den Fotografien. Ich fühlte mich plötzlich wie betäubt. Es war schließlich mein Zimmer, mein Zuhause, das Haus, in dem ich aufgewachsen war. Und da waren so viele schöne Erinnerungen. Sie blitzten auf und ich konnte ein Weinen kaum unterdrücken. Im Garten hatten bis zum letzten Sommer noch meine Schaukel und das Klettergerüst gestanden. Vor einem Jahr hatte Mama alles verschenkt und Papa hatte eine Holly- woodschaukel gekauft. »Zeit, erwachsen zu werden«, hatte er gesagt und mich dabei in den Arm genommen. Und ich hatte geweint, denn es gefiel mir auch noch mit sechzehn, beim Schaukeln die Beine vor- und zurückzustrecken und zu fliegen. Je höher, desto besser.

Joonas rief nach mir und ich stand in der Tür und erinnerte mich an andere Zeiten: lachende Menschen, Freundinnen und Fackeln, Lichter und Lampions. Ich dachte an Papas Grill und unsere Grillabende, den langen Tisch im Garten und lautes Gelächter. Dazu Musik und die nach Wärme und Sommer duftende Luft. Und ich dachte auch daran, wie schnell Eltern solch schöne Erinnerungen zu einem kleinen Nichts zusam- menfalten können.

Joonas rief nach mir und trotzdem fühlte ich mich verloren. Ich gab mir einen Ruck. Wir brachen doch zusammen auf. In unser eigenes, gemeinsames Leben.

Und als Joonas dann kam, mich in den Arm nahm und mich sanft an sich drückte, mir durch die Haare fuhr und meinen Rücken streichelte, da war alles wieder gut, und ich wusste, warum wir fuhren. Es gab nur noch Joonas und mich.

Er drängte jetzt.

»Ich will wenigstens einen Zettel hinlegen«, sagte ich.

»Nein«, war seine Antwort. »Es wird nichts hinterlassen.«

»Wohin fahren wir?«

»Lass dich überraschen.«

Ich wusste, Joonas hat seine Spielregeln. Und daher schwieg ich.

Ich wusste auch, dass ich mit alldem meine Eltern vergrätzte oder sogar schockierte. Und das war mir in diesem Augenblick ganz klar egal. Immer war ich das liebe Mädchen gewesen. Doch damit war jetzt Schluss. Ich war jetzt Joonas' Freundin. Ich war aktiv. Auch wenn es ihnen nicht in den Kram passte!

Entschlossen ging ich mit ihm hinaus, warf den Schlüssel in den Briefkasten, atmete tief ein und folgte Joonas. Liebe ist Bewegung, dachte ich. Liebe verändert. Ich änderte mich, hatte mich schon verändert mit Joonas und ich würde mich weiter verändern.

Joonas saß am Steuer. Ich blickte stur geradeaus durch die Frontscheibe. Nein, nicht zurückblicken und nachschauen, ob da einer winkte. Schließlich hauten wir heimlich ab, hatten keinem etwas gesagt. Das kribbelte – und es tat auch weh. Joonas fuhr an, die Reifen quietschten. Beschleunigen, im Verkehrsstrom mitschwimmen.

Woher weiß man eigentlich, dass es einem an den Kragen geht? Dieser Gedanke durchzuckte mich plötzlich. Daran erinnere ich mich genau. Doch ich wischte den Gedanken weg. Schließlich brachen wir zu zweit auf. Das war schön, richtig romantisch. Ich beobachtete Joonas aus den Augenwinkeln. Schweigen.

Dann machte Joonas das Radio an. Mit der Musik ging es mir noch besser. Wir haben ja auch einen Grund für die Reise, dachte ich. Nein, zwei. Der eine war, dass Joonas mit einer wichtigen Sache beschäftigt war, die ich nicht überblickte. Die aber gerade deswegen noch spannender schien. Der

andere Grund war, dass wir einfach mal wegmussten. Endlich
mehr Herzklopfen haben, Fesseln abschütteln, Aufregung
spüren, Abenteuer erleben.
Während wir fuhren, redeten wir wenig. Joonas fuhr schnell,
nicht zu schnell. Er beachtete die Verkehrsregeln, wollte
nicht auffallen. Das Fahrtlicht war eingeschaltet, wir beide
waren angeschnallt.
Ich sah mich im Spiegel der Scheibe. Seltsam, dachte ich,
dass man außen und innen sein kann, gleichzeitig. Dass man
lieben und Angst haben kann, gleichzeitig.
Ich spielte wieder mein Spiel *Warum ich Joonas mag*. Es ist
sein Körper. Und ich legte ihm die Hand auf den bloßen
Unterarm. Es ist seine warme Stimme. Und er brummte, weil
er meine zärtliche Berührung mochte. Es ist seine Ent-
schlossenheit. Ich schielte zu ihm hinüber. Er fuhr. Und er
wusste genau, wohin und was er wollte. Es ist diese Männ-
lichkeit, dieses Kraftvolle, Verschlossene. Dieses Nicht-über-
alles-Quatschen. Oh, es gab so vieles. Einen kurzen Moment
schüttelte ich mich und schloss die Augen. Ich ließ alles,
alles zu. Genau da legte er seinen rechten Arm um mich. Als
ob er wusste, dass ich gerade so innig an ihn dachte ...
Hinter dem Autobahnkreuz Richtung Hamburg änderte sich
etwas. Joonas fuhr plötzlich zügiger, hastiger. Dass
er Lutz treffen wollte, erzählte er erst, als wir sanfte Hügel
passierten, als die Raststätten rechts und links vor-
beigesaust waren und er schon den Blinker für die nächste
Autobahnausfahrt setzte. Landstraße. Joonas steuerte
zielsicher einen Dorfgasthof an.
Lutz war schon da. Wir setzten uns zu ihm an den Tisch.
Er trug einen neuen Ledermantel, einen, den ich bisher noch
nicht an ihm gesehen hatte. Der Wirt stellte eine Flasche
Wasser hin und für Lutz einen *Jägermeister*. Lutz schob die

Wollmütze in den Nacken, runzelte die Stirn und kippte den *Jägermeister* in sich hinein. Der Wirt schenkte ihm nach. Dann ging er.

Lutz nahm ein Glas Wasser. Er ließ mich nicht aus den Augen, die ganze Zeit. Und sagte unvermittelt zu Joonas: »Wir sollten uns erst unterhalten, wenn wir ungestört sind.« Ich schaute mich um. Wir waren allein in der Gaststube. War ich diejenige, die störte? Ein kurzer Blick von Lutz, ein Gegenblick von Joonas. Sollte ich gehen? Joonas schaute auf sein Handy, strich mit dem Daumen über das Display, runzelte die Stirn, schaute sich noch etwas an, tippte kurz herum, steckte es dann kommentarlos wieder in die Tasche. »Ich kann auch gehen«, sagte ich und sah dabei Joonas an. »Nein«, antwortete Joonas, »du gehst jetzt nirgendwo allein hin. Lutz fährt uns gleich zur Fähre.« Das Lächeln verschwand von seinen Lippen. Zurück blieb ein schmaler Strich.

Kurz darauf ließen wir auf einem abgelegenen Parkplatz den Wagen meines Vaters stehen. Stiegen um in Lutz' Wagen. Dass ich das so wortlos mitgemacht habe. Eigentlich nur, weil Joonas so entschlossen wirkte. Mir versetzte es einen Stich, wusste ich doch, wie stolz Papa auf seinen Wagen war. Oder war das etwa mit Papa abgesprochen und er holte ihn hier ab? Damit tröstete ich mich, obschon ich ziemlich genau wusste, dass es nicht stimmte.

Ich warf mich auf die Rückbank von Lutz' Auto, drehte den Kopf zum Fenster und stöpselte mir Musik in die Ohren. Endlich. Doch Lutz bekam sofort Panik. Er drehte immer durch, wenn Elektronik im Spiel war, besonders bei mir. Den Grund wusste keiner. Joonas legte jetzt beruhigend den Arm auf Lutz' Schulter, sagte etwas in seine Richtung. Ein strafender Blick traf mich dennoch. Ich starrte zurück, tippte mir mit dem Finger an die Stirn, behielt die Stöpsel im Ohr.

Wir fuhren eine Weile und ich hörte *Radiohead*. Und als
Thom Yorke *Everything in its right place* sang, konnte ich
mich endlich zurücklehnen und an nichts mehr denken.
In Rostock am Hafen lag schon das Fährschiff nach Finnland.
Es war viel größer, als ich es mir vorgestellt hatte. Ein
Lastwagen nach dem anderen verschwand in seinem riesigen
Bauch. Dann waren die Personenwagen an der Reihe, die
warteten in langen Schlangen.
Joonas und Lutz schienen kein Interesse an alldem zu haben.
Sie standen etwas abseits und redeten miteinander. Es
ging natürlich mal wieder um Politik. Ich fand das Schiff viel
spannender, doch an ein paar Sätze von Joonas kann ich
mich erinnern.
»Wenn man sich verteidigen muss, genügt reden einfach
nicht«, meinte Joonas. »Dann werden wir zu anderen Mitteln
greifen müssen. Dabei zählt der Einzelne nicht.«
»Wie weit würdest du dabei gehen?«, fragte Lutz. »Wenn es
um Menschenleben geht, reagiert die Öffentlichkeit empfindlich. Das könnte uns schaden.«
»Im Ernstfall darf es keine Grenzen geben. Dann muss
man demonstrieren, wer die Macht hat. Dann ist es auch legi-
tim, Angst zu verbreiten und Strafen zu verhängen. Unsere
Gegner sollen uns fürchten! Wenn es hart auf hart geht, ist es
unerheblich, ob dabei jemand ums Leben kommt. Es geht um
die große Sache.«
Dann war ich abgelenkt, weil ein kleines Mädchen plärrte,
die Kleine hatte ihre Puppe verloren. Ich ging zur Laderampe
und beobachtete, wie die Autos eingewiesen wurden
und vorsichtig rangierten. Ich wollte endlich auch an Bord.
Als ich zu Joonas zurückkam, sagte Lutz gerade: »Wer
nicht hören will, muss fühlen! Oder?« Beide lachten laut, als
hätte jemand einen Witz gemacht.

Joonas legte seinen Arm um mich und flüsterte in mein Ohr: »Alles wird gut, Clara, ich bin bei dir. Wir gehen jetzt an Bord, es wird Zeit.« Dann verabschiedeten wir uns von Lutz.

Die Überfahrt nach Finnland war am 15. April. Joonas und mir blieben noch zwei Monate. Das wusste ich da natürlich noch nicht. Der 15. April war der Tag, an dem alles begann umzuschlagen, das ist mein Gefühl. Sogar das Wetter. Am Tag unserer Abfahrt war der Morgen kühl, der Wind gegen Mittag hart, von Nordosten zogen dichte Wolken auf.

Tampere, Finnland – Freitag, 27. Juni – 11 Uhr
»Und du hast wirklich die ganze Zeit nichts von einem geplanten Verbrechen oder von Vorbereitungen für illegale Aktionen gemerkt?« Kekkonen kann es einfach nicht glauben, er bemüht sich, seine Stimme möglichst sanft klingen zu lassen. Doch dann tut es ihm schon wieder leid, er wollte nicht so direkt fragen. Aber er hat langsam keine Geduld mehr.

Falls Joonas Turunen in seinem Versteck sitzt und einfach Zeit vergehen lässt, bis die Wogen sich geglättet haben, dann kann Artur der Ministerin vorläufig Entwarnung geben. Sofern Joonas keine Beteiligung an dem Brandanschlag auf das Haus von Seita Laakso in Suonenjoki nachgewiesen werden kann, ist Clara Sommerhage die einzige Verdächtige. Sie wurde am Tatort aufgegriffen, also muss sie Zeugin oder Täterin oder Helferin gewesen sein. Wenn sie sich entlasten will, sollte sie endlich erzählen, was sie über die Sache in Suonenjoki weiß.

Falls Joonas Turunen aber den politischen Weg verlassen hat und lieber »Angst verbreiten oder Strafen verhängen« will, wie er es in Claras Bericht genannt hat, dann plant er womöglich einen großen Anschlag – oder ist sogar schon dabei, ihn durchzuführen. In diesem Fall kommt es auf jede Sekunde an und Artur muss Clara unbedingt zum Sprechen bringen! Jedes Detail ist wichtig, das einen Hinweis auf das Anschlagsziel geben könnte. Nur so lässt sich die Tat vielleicht noch verhindern!

Clara sitzt ihm gegenüber. Er hat ihr eine Tasse heiße Schokolade besorgt, weil sie ihm gesagt hat, dass sie die gerne trinkt.

»Nein«, sagt Clara, »von so etwas habe ich absolut nichts bemerkt. Joonas ist nicht so böse, wie Sie ihn hinstellen wollen. Und außerdem wissen Sie ja, dass Liebe blind macht.« Sie lächelt, nimmt einen Schluck, redet dann weiter und ergänzt: »Sehend und blind, das meine ich. Ich war beides.«

»Wo warst du denn sehend?«, hakt Kekkonen sofort nach.

Clara spielt mit dem kleinen Kakaolöffel. »Ich habe zum Beispiel gesehen, dass Joonas mir half, aus meinem Alltag auszubrechen. Ich habe gesehen, wie monoton mein Leben vorher war. Das auch.« Dann schweigt sie.

Kekkonen hat das Gefühl, dass sie absichtlich nicht alles sagt. Will sie nicht zu viel verraten? Um Joonas zu schützen?

»Hat er nie über seine Projekte gesprochen, etwa mit Hanno oder Harald?«, fragt er weiter.

Clara seufzt. »Nein, nie. Jedenfalls nicht, wenn ich dabei war.«

Sie will sich nicht ausfragen lassen, denkt Kekkonen. Wahrscheinlich ist es besser, sie wieder schreiben zu lassen.

Die beiden schweigen. Kekkonen sieht aus dem Fenster, Clara jetzt auch.

»Na dann ...«, sagt er, »du weißt, ich bin jederzeit für dich da. Übrigens: Ich habe neue Nachrichten von Seita. Keine guten. Sie ist leider wieder ins Koma gefallen. Gestern war sie zwischendurch kurz wach, sie redete vor sich hin, aber man konnte nichts verstehen. Dann verlor sie wieder das Bewusstsein. Die Ärzte machen sich große Sorgen.« Und nach einer Pause fügt er hinzu: »Es tut mir sehr leid für dich. Sie ist schließlich deine Freundin.«

»Kann ich zu ihr?«, fragt Clara.

»Ja, sicher. Später. Ich werde dich hinfahren.«

Mein Bericht 32

Auch wenn die Sonne sich kaum sehen ließ, war die Überfahrt nach Finnland traumhaft schön. Joonas war immer an meiner Seite, kümmerte sich um alles. Er war aufmerksam und lieb. Und er hat von seiner Heimat geschwärmt und gemeint, dass mir das Leben in Finnland sicher gefallen werde. Im Hafen von Hanko gingen wir an Land. Wir warteten im Hafenbistro auf Joonas' Freunde, die uns abholen sollten. Draußen blies der Wind und hob Pappschachteln hoch, ließ Getränkedosen rollen. Ich beobachtete einen gelben Fast-Food-Karton, der wie ein wanderndes Tier den Gehweg überquerte und hinter der Bordsteinkante verschwand. Genau wie zu Hause, dachte ich. Da schoss mir der Gedanke durch den Kopf, dass jetzt hier mein Zuhause war.

Dann kamen Joonas' Freunde. »Die *Neue Finnische Armee*, wenigstens zwei davon«, so stellte Joonas sie mir vor. Ich dachte erst, das wäre scherzhaft gemeint. Es waren Harald und Hanno. In ihren winddichten Jacken und Hosen, in Stiefeln und mit heruntergezogenen Strickmützen sahen sie aus wie Fischer oder Hafenarbeiter.

Wir kletterten in Haralds etwas klapprigen Lastwagen und saßen dicht gedrängt, das Gepäck zwischen den Füßen. In der Nähe von Helsinki machten wir kurz Pause. Harald kaufte jede Menge Werkzeug. Dann fuhren wir weiter

Richtung Norden, es waren noch mehrere Stunden Fahrt.
Joonas legte seinen Arm um meine Schulter. »Du wirst
sehen«, flüsterte er, »wenn wir erst mal in Suonenjoki sind,
regelt sich alles. Da kannst du dich drauf verlassen.« Mit
einer Kopfbewegung zeigte er auf die Ladefläche, wo
Baumaterial und die Werkzeuge lagen. »Wir haben eine
Menge zu tun bis zum Sommer. Der Geist der *Finnischen
Armee* lebt in uns.« Und er strahlte mich an.
Ich schmiegte mich an Joonas' Schulter. Hauptsache, wir
sind zusammen, dachte ich. Er versuchte zu schlafen. Bevor
er die Augen schloss, malte er mit dem Zeigefinger ein Herz
auf die Scheibe. Ich malte dicht daneben noch ein Herz.
Später klarte es auf und ich sah die Landschaft vorüber-
ziehen. So viele Seen, große und kleine, hatte ich in meinem
Leben noch nicht gesehen. Wunderschön! Das gleich-
mäßige Tuckern des Motors machte mich dann doch schläfrig.
Irgendwann sah ich einen Wegweiser mit der Aufschrift
Suonenjoki. Harald hielt auf einem Parkplatz vor einem
kleinen Restaurant. Über der Tür stand *Ravintola*, das war
Seitas Restaurant.
Wir gingen hinein. Es war angenehm warm und gemütlich.
Ich wusste erst nicht, was ich essen sollte. Als ich dann
Hamburger und Pommes bestellte, lachte Seita ihr freund-
liches Lachen. Dass Seita ein wenig Deutsch sprach, tat
mir gut. »Wir müssen dir aber jetzt Finnisch beibringen«,
sagte sie. »Du machst mein Deutsch besser, und ich lehre dich
Finnisch, abgemacht?«
Nach dem Essen fuhren wir weiter zu Harald Johansons Hof.
Als wir dort ankamen, dämmerte es schon. »Warte nur ab«,
sagte Joonas, »im Sommer wird es nachts gar nicht mehr
dunkel.«
Joonas blieb mit Harald am Lastwagen, Hanno und ich gingen

ins Haus. Dort saßen vier Leute am Küchentisch, Jugendliche, etwas älter als ich. Sie begrüßten mich freundlich und boten mir Kaffee an. Matilde, das einzige Mädchen außer mir, konnte etwas Englisch. Auch Hanno wollte sich mit mir unterhalten. Er redete mit Händen und Füßen und allerlei Grimassen. Das war lustig und wir verständigten uns erstaunlich gut. Trotzdem wartete ich auf Joonas und war erleichtert, als er endlich hereinkam.

In der Tenne wurden Schlafsäcke auf Matratzen ausgerollt. »Wir bauen uns bald bessere Betten«, meinte Joonas, als wir nebeneinander in unseren Schlafsäcken lagen, »gleich morgen fangen wir an.«

Mir war das egal, so müde war ich. Ich kuschelte mich an ihn und schlief sofort ein.

Tampere, Finnland – Samstag, 28. Juni – 16 Uhr
Clara setzt sich auf den Beifahrersitz in Kekkonens Auto. Sie wollen Seita besuchen. Das hat er versprochen.

Unterwegs schweigen sie. Clara denkt an Seita. Sie will ihr erzählen, sie will mit ihr sprechen. Vielleicht erwacht sie davon. Ob sie Eltern hat oder Geschwister? Seita hat darüber nie mit ihr gesprochen.

Die langen Krankenhausflure, gedämpftes Sprechen, Flüstern. Am Eingang der Intensivstation müssen sie sich Kittel, Mundschutz, Haube und Puschen anziehen. Eine freundliche Schwester geleitet sie danach in einen Raum voller Kabel und Schläuche und Monitore, die flimmern und flackern. Und mittendrin zwischen all den Geräten in einem weißen Bett die blasse, so winzig wirkende Seita – mit geschlossenen Augen. Ihre Arme sind verbunden und liegen auf der Bettdecke.

»Wie konnten die dir das antun!«, rutscht es Clara plötzlich heraus. Und sie hat all die Bilder wieder vor Augen: Flammen, Rauch, Schreie. Doch sofort beißt sie sich auf die Lippen und mustert Kekkonen. Hat er mitbekommen, dass sie Joonas beinah verraten hat? Zumindest lässt er sich nichts anmerken.

Sie nimmt Seitas Hand, erzählt ihr von sich. Wo die Polizei sie untergebracht hat, dass sie einen Bericht schreibt, der schon viele Seiten hat. Dass sie darauf wartet, dass Seita wieder da ist.

Eine Schwester kommt und spritzt etwas in die Kanüle am Schlauch, der in Seitas Arm führt. Sie sagt ein paar Worte auf Finnisch. Clara schaut Kekkonen an, der übersetzt:»Dein Besuch wird Seita guttun. Sie hat hier sonst niemanden.«

Clara streichelt Seita über die Wange. Seita regt sich nicht. Clara ist fast enttäuscht. Als hätte sie erwartet, dass Seita aufwacht, wenn sie gerade mal da ist. Sie lacht rau auf über ihre Naivität.

Bald müssen sie gehen. Kekkonen schaut auf seine Uhr.

»Ich komme wieder«, flüstert sie Seita zu.

»Eigentlich war Seita die Einzige, die mich damals in dieser fremden Umgebung wirklich herzlich ansprach«, sagt Clara im Auto.

»Und Joonas?«, fragt Kekkonen.

»Der auch, aber der war dann immer mehr mit seinen Projekten beschäftigt. Ich war ziemlich einsam.« Sie umklammert mit der rechten Hand den Gurt. »Seita hat mich damals verstanden, hat mich einfach so zu sich eingeladen.« Sie zeigt zurück zum Krankenhaus. »Das hier hat sie nicht verdient.«

»War Joonas eifersüchtig auf sie?«

»Ja, Joonas war sehr eifersüchtig. Eigentlich auf vieles. Aber das merke ich erst jetzt.«

»Und wie hat sich das geäußert?«

Verdammt, denkt Clara, Kekkonen hat es gehört. Das, was ihr vorhin bei Seita herausgerutscht ist. Jetzt muss ihr schnell etwas einfallen.

»Nichts Schlimmes«, sagt sie hastig. »Er hat mit mir geschimpft, wenn ich sie besuchen wollte. Auch mit Seita hat er geschimpft.«

Kekkonen schweigt. Hat er ihr das abgenommen?

»Und du hast sie trotzdem besucht?«, hört sie ihn fragen.

Sie atmet auf. »Ja, ich mag Seita und ich habe sie ab und zu besucht. Obwohl ich wusste, dass Joonas dann sauer wurde. Ich habe mir seine Eifersucht damals wohl mit seiner Liebe zu mir erklärt. Joonas liebt mich wirklich sehr und da gehört ein bisschen Eifersucht einfach dazu.«

Kekkonen schaut geradeaus auf die Straße, biegt jetzt ein zum Gebäudekomplex der Polizeihochschule. Er schweigt.

Mein Bericht 33

Am nächsten Morgen wachte ich als Letzte auf. Ich hatte so fest geschlafen, dass ich nicht gehört hatte, dass die andern aufgestanden waren. Das Tageslicht war heute freundlicher. Ich ging hinaus auf den Hof, und das Erste, was ich sah, war der herrliche See, der sich vor mir ausbreitete. Das Wasser schimmerte, der wolkenverhangene Himmel spiegelte sich darin. Dichter Wald reichte fast überall bis ans Wasser. An dem Tag, meinem ersten in Suonenjoki, wusste ich noch nicht, dass die kleine Insel, die in einiger Entfernung vor mir im See lag, Seitas Insel war.

In der folgenden Zeit begann jeder Tag mit neuer Arbeit. Unser Projekt, LoLa II, war erst mal ein Bau-Projekt. Leute mit Baumaschinen kamen und gingen. Auf dem Hof stapelten sich Holzstämme, Balken und Berge von Brettern. Aus denen zimmerten wir kleine Holzhäuser, eines neben dem andern. Zum Helfen kamen noch mehr Jugendliche, kräftige Typen, aber echt finstere Gestalten. Mit denen wurde ich überhaupt nicht warm. Und nicht nur, weil die sowieso kein Interesse an Small Talk hatten. Ich hatte solche Typen noch nie leiden können. Einige benahmen sich unmöglich, tranken zu viel und grölten dann herum. Ich versuchte, ihnen aus dem Weg zu gehen. Wofür wir da Häuser bauten, schien keiner genau zu wissen. Das Motto war: Schweigen und nicht fragen. Aber das war bei Joonas, als wir noch zu Hause waren, genauso gewesen. Um alles lag dieser Ring aus Schweigen. Es war so etwas wie ein Geheimnis. Wahrscheinlich wussten nur die Anführer, also Joonas und Harald, was LoLa II genau war und wofür die Holzhäuser dienen sollten. Als müsse das Schweigen das gesamte Projekt schützen. Und es kam mir sicher nicht nur so vor, weil ich kein Finnisch konnte.

Mit Harald kam ich gut aus. Er war wortkarg, hatte aber meistens gute Laune. Auf mich wirkte er wie ein vergnügter Holzfäller. Und das war er auch. Jeden Tag stapfte er mit Axt und Kettensäge bewaffnet zum Holzmachen in den Wald. Apropos bewaffnet. Harald hatte mehrere Gewehre, und Schießen war allgemein das größte Hobby, nicht nur von Harald und Hanno, auch von Joonas. Sie zogen dann zu dritt los, manchmal waren auch einige der andern dabei, im Wald machten sie ihre »Übungen«, wie Joonas es nannte. Einmal bin ich mitgegangen zum Ballern. Auf einem gefällten Baumstamm wurden Blechdosen aufgestellt, auf die dann geschossen wurde. Joonas überredete mich, es auch zu probieren. Ich hob den Gewehrkolben an meine Schulter, zielte und drückte ab. Der Knall tat mir in den Ohren weh und

der Rückstoß warf mich fast um. Meine Schulter war danach
noch tagelang steif. Aber ich hatte getroffen. Irgendwie
war das cool. Joonas war stolz auf mich.
Spaß hat mir das Schießen nicht gemacht. Ich bin danach
nicht mehr mitgegangen. Ich saß lieber am See. Dort hörte
ich ihre Schüsse knallen. Ich glaube, die waren in dieser
unendlichen Stille kilometerweit zu hören.

Mein Bericht 34

Tage vergingen. Allmählich wurde es wärmer. Und die milde
Luft und Sonne taten gut.
Nachdem die schweren Arbeiten getan waren, schickte Joonas
die Typen, die ich nicht gemocht hatte, weg. Joonas war
ganz bei der Sache. Harald beaufsichtigte die Bauarbeiten,
Joonas war unser Anführer. Wenn wir alle zum Essen um
den großen Tisch herumsaßen, merkte ich, dass alle Joonas
respektierten, ja, zu ihm aufschauten. Und das genoss er.
Ich hatte mich fast daran gewöhnt, tagsüber kaum mehr
beachtet zu werden. Nur nachts schlüpfte Joonas noch zu mir
ins Bett. Wenn er mich liebevoll streichelte, fühlte ich
mich wieder geborgen. Aber hinterher sprang er meist gleich
wieder hoch, wie gejagt von einer seltsamen Unruhe.
Es gab schöne Tage, an denen wir viel Zeit hatten, uns
auszuruhen. Ich hatte meinen Lieblingsplatz auf dem Grundstück gefunden: eine kleine Terrasse am Ufer, etwas abseits
vom Bootssteg. Es war ein Ort zum Träumen. Ich lag auf
dem Rücken, blinzelte ins Licht und strich mit den Fingern in
der Luft an den Wolkenbildern entlang. Vögel sangen, der
See glitzerte im Sonnenlicht.
In den Zimmern dagegen empfand ich immer deutlicher eine
Leere, die mich ratlos machte. In der Ecke der Küche hatte

Joonas sich eine Art Büro eingerichtet. »Die Leitzentrale«, sagte er. Dort verbrachte er die meiste Zeit, allein, manchmal mit Harald. Ich war da nicht zugelassen. Ich legte mich auf mein Bett und starrte die Wand an. Die Leere machte sich auch immer mehr breit zwischen Joonas und mir. Und sie wuchs sich aus zu einer seltsamen Ferne und Fremdheit, selbst wenn Joonas neben mir stand. Ich sehnte mich nach seiner Umarmung. Joonas hatte meine Rolle auf dem Hof festgelegt: Ich sollte in der Küche bleiben, allenfalls bedienen, wenn wir Besuch bekamen. Und ich fügte mich, ohne nachzudenken, mit einem Lächeln auf den Lippen. Zu der Zeit fanden nämlich in unserer Küche an dem langen Holztisch immer wieder Treffen statt. Ich sah jetzt oft Männer in Anzügen mit weißem Hemd und Krawatte. Sie waren jung, manche sehr gut aussehend und charmant. Bestimmt wollte Joonas wegen seiner Eifersucht nicht, dass ich den jungen Männern zu nahe kam.

Die Anzugträger kamen immer öfter. Auch schick gekleidete junge Frauen waren dabei. Ich freute mich, sie zu sehen, doch von mir nahmen sie kaum Notiz. Die Besucher saßen mit Joonas am Tisch, klappten ihre Laptops auf und redeten, manchmal sehr hitzig. Einige sprachen Englisch und ich verstand inzwischen auch ein paar Brocken Finnisch. Ihre Unterhaltungen habe ich nicht mitbekommen, nur einige Gesprächsfetzen und Parolen, die immer wiederkehrten, wenn ich die Getränke servierte. Sie sprachen vom »weißen Europa«, von »Nationalstaaten statt Globalisierung«, von »Armutsflüchtlingen und Sozialbetrug«, von »Islamisierung und Weltjudentum«. Und immer wieder der Slogan: »Europa den Europäern!« Auch die Neue Finnische Armee war ein Thema, Joonas' Hauptthema.

»Es geht weiter, es geht voran!«, sagte Joonas nach solchen Meetings und strahlte. Sogar das Klopfen der Hämmer klang an solchen Tagen entschlossener, fast fröhlich. Und Joonas war nach diesen Treffen immer bestens gelaunt.

Tampere, Finnland – Montag, 30. Juni – 10:40 Uhr
Inspektor Grenberg stürzt in Kekkonens Büro. »Heikki Korhonen ist verschwunden«, sagt er außer Atem.

»Nicht das auch noch!«, stöhnt Kekkonen. Dann fällt ihm ein: »Ach ja, ich habe Heikki freigegeben.«

»Ja, hast du – aber nur übers Wochenende. Heute sollte er wieder hier sein. Ist er aber nicht. Ich habe seinen Vater angerufen. Der wusste nicht einmal, dass Heikki zu ihm kommen wollte. Sein Vater ist nämlich gar nicht zu Hause, der ist unterwegs. Heikkis ganze Geschichte stimmt nicht, Artur. Er wollte nicht zu seinem Vater. Er hatte etwas anderes vor.«

»Ist die Suchmeldung schon draußen?«

»Ja. Offenbar hat er ein Bahnticket nach Turku gekauft. Was er dort wollte und ob er überhaupt dort angekommen ist, weiß bisher niemand.«

»Vielleicht macht er einfach ein paar Tage blau.«

»Du meinst, dass es ihm hier langweilig geworden ist und er sich abgesetzt hat?«

»Vielleicht. Andererseits ... Heikki würde Clara nicht allein lassen. Außer ... wenn er Clara damit einen Gefallen tun kann. Oder wenn sie ihn irgendwo hingeschickt hat. – Gibt es irgendeine Spur von Joonas Turunen?« Kekkonen deutet auf seinen Laptop. »Claras Bericht hat in diesem Punkt leider nichts Konkretes ergeben.«

»Nein, keine Spur von Turunen. Wie vom Erdboden verschluckt«, antwortet Grenberg. Und er fügt hinzu: »Hatte Lutz

Wagner, dieser Möchtegern-Undercover-Journalist, keine Informationen über Joonas?«

»Über Joonas' Aktivitäten in Finnland weiß er wohl nichts Konkretes. Aber dass Joonas in Deutschland in der Neonazi-Szene aktiv war, hat Wagner bestätigt. Offenbar hat es Joonas mit seinem Ehrgeiz, in der oberen Liga mitzuspielen, ziemlich weit geschafft. Das geht auch aus Claras Bericht hervor. Er hat Kontakte geknüpft. Hier in Finnland, genauer in Suonenjoki, sollte eine Art Schulungszentrum aufgebaut werden. Also mischt er hier eindeutig auch mit.«

»›Schulung‹? Soso ... Und das Lernziel ist, wie man ›Ausländer raus‹ und ›Finnland den Finnen‹ buchstabiert?« Grenberg grinst.

»Mach dich nur lustig«, sagt Kekkonen ernst. »Die Situation ist sehr viel brisanter. Die neuen Rechten treten längst nicht mehr nur als tumbe Schläger auf. Da gibt es smarte Geschäftsleute und selbst ernannte Vordenker mit Hochschulabschluss. Die Szene ist mittlerweile weltweit vernetzt. Und da ist eine Menge Geld im Umlauf.«

»Mir wäre es lieber, diese Alt- und Jungnazis wären noch so einfältig und kleinkariert wie früher, Artur. Denkst du, Joonas Turunen ist so ein neuer Typ Nazi? Und meinst du, er ist gefährlich?«

Kekkonen sucht nach den richtigen Worten. »Clara schreibt, er sieht sich als ›einen Mann der Tat‹. Und er ist fixiert auf seine ›Mission‹. Kombiniert mit rechtsextremer Gesinnung kann das eine äußerst gefährliche Mischung ergeben.«

»Meinst du, Clara und Heikki stecken da auch mit drin?«

»Falls Clara selbst tatsächlich nichts mit dem Brand zu tun hat, weiß sie wahrscheinlich doch, wer es war. Sie hat eine Andeutung gemacht. Aber keine Namen genannt ... Wir müssen uns auf Joonas konzentrieren. Bei dem Jungen ist ein großes

Hasspotenzial vorhanden, rational und irrational. Und das entlädt sich irgendwann, da bin ich mir inzwischen sicher.«

»Und Heikki?«

»Ich glaube, Heikki ist harmlos. Der gehört da nicht rein. Aber wenn Heikki bis morgen nicht zurück ist, müssen wir die Suche nach ihm verstärken. Ich habe da ein ungutes Gefühl ...«

Mein Bericht 35

Joonas machte eine genaue Unterscheidung: Draußen waren die Handlanger, die ihr Bier aus der Flasche tranken – und mit denen sprach man nicht über die Projekte, die waren Befehlsempfänger. Drinnen waren die Anführer in Anzug und weißem Hemd, häufig auch in Edeljeans und Businesskostüm, die besprachen und beschlossen, wohin es für alle ging.

Nur bei Harald, dem Leiter des Bau-Teams, machte Joonas eine Ausnahme. Harald zog er oft ins Vertrauen. Der Grund dafür war, glaube ich, dass Harald der Urenkel eines der Soldaten auf dem alten Foto ist, einer der *Finnischen Jäger* von LoLa. Joonas hatte das mal erwähnt. Harald hat damit aber nie angegeben. Er akzeptierte voll und ganz, wie wir alle, dass Joonas der Boss war. Der *Führer*. Ich glaube, an einem jener Abende habe ich dieses Wort zum ersten Mal auch für mich ausgesprochen. Die andern sagten es schon länger. Und ich spürte Bewunderung und gleichzeitig eine seltsame Scham.

Das Führungsteam hielt seine Beratungen immer häufiger hinter geschlossener Tür ab. Der Gesprächston wurde schärfer. Ja, es war fast eine Wut, die sie anzutreiben schien. Jeder von ihnen fühlte sich unglaublich wichtig. Wichtig für das große Ganze. Für ein Europa mit neuer Ausrichtung, unter zentraler Führung.

~~Sie wollten eine neue Gesellschaftsordnung. Mit allen Mitteln, offenbar auch mit Gewalt. Ich bekam Äußerungen mit, die nicht misszuverstehen waren. Zum Beispiel fragten sie Joonas oft nach dem deutschen NSU, deren Tatkraft schien allen vorbildlich zu sein.~~

~~»Wir müssen dazu aufrufen, die Zähne zu zeigen, eine Feuerspur zu legen! Wehret den Anfängen!«, sagte jemand. Das machte mir Angst. Das war nicht bildlich, sondern konkret gemeint. Aber wie legt man Feuerspuren? Indem man Asylbewerberheime oder Moscheen anzündet?~~

~~Auch die Worte »bekämpfen« und »ausschalten« und »ausmerzen« hörte ich. Das häufigste Stichwort aber war »Feind«. Ich hatte das Gefühl, sie erfanden sich ihren Feind jeden Tag neu hier am Tisch in der Küche. Sie brauchten die Feindschaft wie die Luft zum Atmen. Feinde waren natürlich Politiker, die nichts gegen Einwanderer und Asylanten, Moslems und Juden unternahmen. Und bestimmte Reporter, die zur »Lügenpresse« zählten. Es wurden Namen genannt, die ich jetzt zum wiederholten Mal hörte. Am häufigsten fiel der Name Hans oder Hannes, ein Journalist, der wohl Artikel darüber schreibt, welche Gefahren von den neuen Rechten ausgehen.~~

All das entsprach im Grunde auch Joonas' Ansichten, das wusste ich ja schon. Dennoch hat er sich oft mit einem der Besucher angelegt, einem kräftigen Mann mit Brille, der sich besonders wortstark hervortat. Mir war sofort klar – dazu brauchte ich nur ein paar Wortfetzen zwischen den beiden mitzubekommen –, dass es hier um den Führungsanspruch ging. Den wollte Joonas sich nicht nehmen lassen. Für uns war er bisher immer der Anführer gewesen. Und jetzt bekam er Konkurrenz.

Einmal wurde der Streit besonders heftig. Joonas sprach

dabei viel von LoLa und von der *Neuen Finnischen Armee*.
Das seien schöne Traditionen, aber doch letztlich Hirn-
gespinste, hielt der Brillenmann dagegen. Natürlich brauche
man Schulungszentren für Öffentlichkeitsarbeit und Mas-
senlenkung. aber mit anderen Inhalten und an anderen Orten
als hier in Suonenjoki. Und der Brillenmann setzte sich
durch, ging danach erhobenen Hauptes mit den andern fort
und warf Joonas noch eine abschätzige Bemerkung zu.
Joonas schlug mit der Faust gegen die Wand, schrie jeden
in seiner Nähe an, auch mich. In seinem Ton lag Verachtung
für all die andern, die in seinen Augen unfähig waren, in
großen Visionen zu denken, geschweige denn, die richtigen
Konsequenzen zu ziehen.
Sie hatten Joonas entmachtet, die feinen Herren.
~~Und das ließ er nun an uns aus. Er brüllte:»Ich lasse mich~~
~~nicht einfach ausbooten! Die Neue Finnische Armee wird nun~~
~~mit einer großen Aktion zeigen, wie schlagkräftig sie ist!~~
~~Und dann werden wir sehen, welche Strategie die bessere~~
~~ist!«Er brüllte und drohte, schwieg und brütete. Und in sein~~
~~Schweigen mischte sich jetzt immer mehr Düsternis, etwas~~
~~wie Hass, der noch sein Ziel suchte.~~
~~War das noch Joonas? War das noch der, der mich brauchte~~
~~und mir versprochen hatte, mich aus allem herauszuholen,~~
~~wohin auch immer ich geriete? In solchen Augenblicken dach-~~
~~te ich immer häufiger daran, meine Eltern anzurufen. Auch~~
~~damit sie sich keine Sorgen machten. Ich wusste inzwischen,~~
~~Joonas hatte Papa kalt lächelnd bestohlen. Das Bündel Schei-~~
~~ne war viel mehr gewesen, als Papa ihm an Lohn schuldete.~~
~~Ich war enttäuscht, ich war allein. Und hielt bei alldem~~
~~doch immer noch zu Joonas. Ich hatte Angst um ihn und Angst~~
~~vor ihm und betete ihn trotzdem immer noch an. Und das~~
~~geht so bis heute. Warum, weiß ich nicht.~~

Tampere, Finnland – Montag, 30. Juni – 14:40 Uhr
Artur Kekkonen greift zum Telefon.

»Seppo, wo bist du gerade? Hör zu, Seppo, wir schalten den Staatsschutz ein. Das hier ist alles andere als harmlos.«

»Geht es um Joonas? Willst du nicht wenigstens zuerst mit dem Ministerium sprechen?«

»Joonas ist nicht unser einziges Problem. Da werden ganz andere Sachen geplant. Von wegen Schulungszentrum! Da treffen sich nicht einfach ein paar Rechte und philosophieren über Blut-und-Boden-Fantasien. Die werden handeln, die machen Ernst! Zumindest ein Teil von denen. Wir brauchen Schutzeinheiten für alle Asylbewerberunterkünfte im Raum Suonenjoki. Möglichst auch im Großraum Helsinki. Und Personenschutz für einige Journalisten. Die Namen habe ich noch nicht, nur einen Vornamen. Hans oder Hannes. Ich hoffe, Clara erinnert sich bald an mehr. Und Joonas? Würde mich nicht wundern, wenn der schon Kontakt zu dem ein oder anderen Genlabor aufgenommen hätte ...«

»Geht es um diese LoLa-Geschichte? Da fällt mir wieder der Fall Breivik ein. Der hatte auch so verquere Ideen von reinem Blut und reiner Nation. Erinnerst du dich?«

»Mal jetzt bitte den Teufel nicht an die Wand! Allerdings hat Joonas sogar das Breivik-›Manifest‹ gelesen. Vielleicht hat ihn das sogar inspiriert. Sieht so aus, als plane er irgendeine spektakuläre Aktion ...«

»Sollen wir eine Großfahndung nach Joonas Turunen einleiten?«

»Nein, das würden mir die Anwälte der Ministerin Turunen sofort um die Ohren hauen, fürchte ich. Ein so vager Verdacht ist da nicht genug. Wir haben bisher nichts als Claras Bericht und mein ungutes Gefühl. Trotzdem müssen wir ihn finden. Damit er keine Dummheit begeht. Und das ganze Umfeld ist eindeutig staatsgefährdend. Am besten, ich rufe selbst beim Staatsschutz an. Wenn ich nur wüsste, was in Joonas' Kopf vorgeht ... Seppo, ich sehe gerade, Clara schreibt wieder, ich muss weiterlesen. Ich halte dich auf dem Laufenden.«

Mein Bericht 36

Wenn ich mich einsam fühlte, konnte ich nur mit Seita sprechen. Sie hat es mir immer angesehen, wenn ich Heimweh hatte.
»Wie kommst du in dieser Einöde klar?«, fragte ich sie.
»Warte mal ab, bis die Erdbeerernte losgeht«, sagte sie lachend, »dann sind hier Pflücker aus Russland, aus Estland, sogar aus Thailand. Ab und zu kommen welche ins *Ravintola*. Ich unterhalte mich mit ihnen. Ich mag es, Menschen aus fremden Ländern kennenzulernen.«
Ich freute mich, eine Freundin gefunden zu haben. Obwohl ich wusste, dass Joonas sie nicht mochte. Ich hielt meine Besuche bei Seita meistens vor Joonas geheim. Vor allem, wenn ich zu Seitas Sommerhäuschen auf die Insel fuhr. Aber irgendwie hat er es mitbekommen und mir unter einem Vorwand das Boot weggenommen. Das wunderte mich nicht, denn ich wusste ja, dass er Seita für links und ausländerfreundlich hielt.

Ich erzählte Seita davon.
»Dann kommst du eben mit meinem Boot, ich habe noch ein zweites«, sagte sie. »Ich lasse dir das Boot am Festland. So kannst du kommen, wann du willst.«
Und da es sowieso niemanden interessierte, was ich zwischendurch machte, täuschte ich lange Spaziergänge vor und fuhr heimlich zu Seitas Haus.

Kurz darauf, an einem Abend, kamen Joonas, Hanno und Harald völlig aufgebracht vom *Ravintola* nach Hause. »Die linke Genossin werden wir uns schnappen!«, rief Joonas laut und haute mit der Faust auf den Tisch. Ich fragte, was denn los sei. »Halte dich am besten da raus«, war alles, was Harald mir sagte.

Einen Tag später erschienen mehrere Polizisten auf dem Hof. Einer hatte einen Schäferhund dabei. Sie fragten nach den Personalausweisen. Die Polizisten nahmen unsere Personalien auf, sahen sich ausgiebig auf dem Hof um, verschwanden dann wieder.

»Das haben wir dieser feministischen Sozi-Tante zu verdanken!«, schimpfte Joonas, als die Polizisten weg waren. In der folgenden Nacht haben wir dann zum ersten Mal richtig gestritten. Ich habe geweint. Danach haben wir uns wieder versöhnt. ~~Und in der nächsten Nacht wieder gestritten. Ich habe es einfach nicht mehr ausgehalten. Ich bin abgehauen, habe Seitas Boot genommen und bin zur Insel hinübergefahren. Mitten in der Nacht, aber die finnischen Sommernächte sind ja hell. Seita hat offensichtlich geschlafen. Ich habe mich an den Rand des Waldes in den Schutz eines Baumes gesetzt und auf den See geschaut. Der Himmel war ganz fantastisch in dieser Nacht. Ich habe über Joonas und mich nachgedacht. Aber nicht lange, denn dann sind sie gekommen, Joonas, Harald und Hanno. Und dann ist es passiert. Das Schreckliche. Ich habe alles gesehen.~~

Tampere, Finnland – Montag, 30. Juni – 15:05 Uhr
Clara klappt ihren Laptop zu. Sie schließt die Augen.
Plötzlich überfällt sie Panik. Hat sie jetzt zu viel verraten?
Sie klappt hastig den Laptop wieder auf. Wo soll sie anfangen zu lesen? Sie muss löschen, löschen, löschen, das weiß sie plötzlich. Und sie beginnt einfach am Schluss ...
Da klopft es. Kekkonen, ernst:»Können wir uns unterhalten?«
»Ja ... Nein. Im Augenblick passt es nicht«, hört sie sich sagen. Sie muss doch löschen. Sie hat einfach zu viel verraten. Alles Heikle muss weg sein, bevor er liest.
Und dazu kommt die Frage: Hat sie das damals wirklich so empfunden und bemerkt? Oder geheimnisst sie das jetzt da hinein? Ist man nicht im Nachhinein immer klüger? Und was will der Kommissar eigentlich? Einen Bericht, wie sie es *jetzt* sieht? Oder will er nur die Fakten von *damals*? Clara ist verwirrt. Und außerdem ist das jetzt auch egal. Sie hat Joonas verraten.
Kekkonen sagt streng:»Ich komme in einer Viertelstunde wieder. Es ist dringend.«
Sie erschrickt fast, so sehr war sie in ihre Gedanken versunken. Sie nickt. Und als er die Tür hinter sich schließt, beginnt sie ihren Text von vorne zu lesen.
Sie darf doch Joonas nicht verraten. Der hält doch immer noch zu ihr. Bestimmt weiß er inzwischen von Heikki, wo sie ist, und überlegt sich einen Plan, wie er sie hier rausholen kann.
Und plötzlich weint sie. Sie legt ihren Kopf in die Arme und weint.
Kekkonen hat das sicher schon alles gelesen. Aus, vorbei.
Sie kann nichts mehr daran ändern, dass sie heute zur Verräterin geworden ist.

Und noch etwas fällt ihr ein, während sie da mit dem Kopf auf der Tischplatte liegt. Joonas wollte mit einer »großen Aktion« zeigen, wie schlagkräftig seine *Neue Finnische Armee* ist. War der Brandanschlag auf Seitas Haus schon diese große Aktion? Oder kommt die erst noch? Muss sie jetzt Angst haben? Um Joonas? Und auch um andere Menschen? Nein, Joonas würde nichts tun, was Menschenleben kostet. Auch dass Seita so schwer verletzt wurde, war bestimmt nicht geplant.

Sie weiß nicht mehr ein noch aus.

Plötzlich fällt ihr *Sweet Jane*, ihr Chat-Kontakt, wieder ein. So etwas könnte sie jetzt gebrauchen. Da hatte sie damals wenigstens jemanden zum Sprechen. Jemanden, der ihre Fragen beantwortete. Sie sucht im Internet nach dem Blog … Aber sie findet ihn nicht. Ist sie zu nervös, macht sie etwas falsch? Nein. Die Seite existiert nicht mehr. *Error. Site Not Found.* Sie klappt den Laptop zu.

Eins steht für sie fest: Wenn Kekkonen gleich kommt, wird sie schweigen. Nichts sagen. Das, was sie geschrieben hat, war schon viel zu viel.

Turku, Finnland – Montag, 30. Juni – zur gleichen Zeit
Heikki wacht in einem stockdunklen Raum auf. Sofort sind die Schmerzen wieder da. Ist es Tag oder Nacht? Er weiß es nicht mehr. Es müssen mehrere Tage vergangen sein. Ab und zu ist jemand hereingekommen, Joonas oder einer der beiden anderen, und hat ihm etwas zu essen hingestellt. Und ihn immer wieder geschlagen. Vor allem Joonas. Heikki hat tausendmal beteuert, dass er nichts mit Clara hatte. Aber darum scheint es gar nicht mehr zu gehen. Was haben die mit ihm vor?

Er hat immer wieder versucht, herauszukommen aus diesem Kellerloch. Keine Chance. Er hat um Hilfe geschrien, da haben sie ihn geknebelt und gefesselt, damit er still war. Von Anfang an hat sich keiner von ihnen die Mühe gemacht, sein Gesicht zu verbergen. Er hat sie sich genau angesehen, er wird sie beschreiben können. Warum haben die sich nicht maskiert? Ist es ihnen egal, dass er sie beschreiben kann? ... Es ist dieser Gedanke, der ihn irritiert. Und ihm unsägliche Angst macht.

Plötzlich hört er Schritte. Die Tür knarrt. Dann blendet ihn das Licht einer starken Lampe. Hände packen ihn und zerren ihn hoch.

»Du machst jetzt eine kleine Reise«, hört er Joonas' Stimme.

Er blinzelt in das grelle Licht. Diesmal sind alle drei da. Ohne seine Fesseln zu lösen, schleppen sie ihn die Treppe hinauf.

Tampere, Finnland – Dienstag, 1. Juli – 11 Uhr

Kekkonen schaut auf seinen geöffneten Laptop. Gestern hat er einige Telefonate geführt und ist dann noch einmal bei Clara gewesen, doch sie hat weiter beharrlich geschwiegen. Selbst als er sie nach Heikki gefragt hat, der vielleicht in Gefahr ist. Selbst als er ihr erzählt hat, dass Seita ihren Brandverletzungen erlegen ist. Carla reagierte auf diese Nachricht nicht mit einem Gefühlsausbruch, sondern als würde sie plötzlich versteinern.

Sie schreibt auch nicht mehr an ihrem Bericht.

Er hat gesehen, dass es Clara nicht gut geht. Aber das kann er ihr nicht ersparen. Sie hat ihre Situation selbst gewählt, indem sie sich mit diesen Typen eingelassen hat. Was den Brand angeht, ist er sich über den Hergang jetzt sicher. Dank Claras Aussage im Laptop. Er braucht nur noch handfeste

Beweise. Aber die wird er bekommen, wenn erst mal Joonas, Harald und Hanno gefasst sind. Nach den dreien läuft eine Großfahndung. Immerhin geht es jetzt um Mord.

Doch der Brand ist fast zur Nebensache geworden, denn er ist nicht ungeschehen zu machen. Kekkonen hofft inständig, dass er genug Zeit hat, noch Schlimmeres zu verhindern. »Die große Aktion«, murmelt er. Und trommelt mit den Fingern auf dem Tisch herum.

In dem Augenblick klingelt das Telefon.

Kekkonen kennt die Nummer. »Das Ministerium, soso ...«, brummt er und zieht die Augenbrauen hoch. »Na, dann wollen wir mal ...«

Antti Lehtinen kommt sofort zur Sache. Er klingt verärgert: »Du solltest Joonas heraushalten, Artur, nicht extraviel Staub aufwirbeln!«

»Ich *sollte*?«, unterbricht Kekkonen.

»Ja ... Nein ... So habe ich das nicht gemeint. Jedenfalls ist hier seit gestern Abend der Teufel los. Mein Telefon steht nicht mehr still. Politiker, Reporter, Blogger, das ganze Spektrum. Alle wollen die Ministerin sprechen. Stellen Fragen. Sogar unverhohlene Drohungen waren dabei.«

Kekkonen stutzt. Wirft Antti ihm vor, dass er seine Arbeit macht?

»Artur, wie konntest du eine Fahndung nach dem Sohn der Ministerin anordnen? Und den Staatsschutz alarmieren, ohne das vorher mit mir abzusprechen?«

»Das ist nicht dein Ernst, Antti! Die weiße Weste für das Ministersöhnchen – das ist passé. Hier laufen möglicherweise Terroristen herum, dieser Joonas ist eine tickende Zeitbombe! Was willst du mir eigentlich sagen, Antti?«

»Du bist völlig fixiert auf Joonas Turunen! Da hast du vorschnell gehandelt. Alles andere war hervorragende Arbeit, Artur, dafür können wir uns nur bei dir bedanken. Alle nötigen Maßnahmen sind eingeleitet, das Innenministerium hat die Leitung übernommen. Joonas Turunen ist vorläufig von der Fahndung ausgenommen, denn inwieweit er selbst ...«

»Ihr könnt Joonas da jetzt nicht mehr heraushalten! Die Anzeichen sind überdeutlich. Ich sage dir ...«

Bevor er weitersprechen kann, unterbricht ihn Lehtinen. »Entschuldige, Artur, Hanna Turunen ist auf der andern Leitung. Sie ist den ganzen Morgen schon völlig aufgeregt. Ich rufe dich wieder an.«

Tampere, Finnland – Dienstag, 01. Juli – 14:15 Uhr
Artur Kekkonen hat einen langen Spaziergang gemacht. Er ärgert sich immer noch über Antti Lehtinen. Loyalität ist ja schön, aber es gibt Grenzen, denkt Kekkonen. Hat er sich wirklich verrannt, was Joonas betrifft? Nein!

Doch er steckt in einer Sackgasse. Auch an Clara kommt er nicht mehr heran. Sie will seit gestern niemanden mehr sehen.

Als er das Gebäude der Polizeihochschule betritt, kommt Grenberg ihm aufgeregt entgegen.

»Artur, wo warst du? Weißt du schon, was in Helsinki passiert ist?«

»Nein. Was?« Kekkonen blickt ihn fragend an.

»In der Nähe eines Flüchtlingswohnheims ist eine Bombe explodiert. In einem Lastwagen. Die Meldung kam gerade herein. Offensichtlich ein terroristischer Anschlag.«

»Gibt es Opfer?«

»Unter den Asylbewerbern zum Glück nicht. Nur der Lastwagen ist in die Luft geflogen. Vermutlich früher als geplant, der Fahrer konnte wegen der Absperrungen nicht an das Wohnheim heran.«

Grenbergs Handy klingelt. »Ja?«

Kekkonen sieht, dass Grenberg blass wird und das Handy sinken lässt.

»Noch mehr schlechte Nachrichten, Seppo?«

»Ja. Der Fahrer des Lastwagens ist bei der Explosion ums Leben gekommen. Sie haben die Papiere des Toten gefunden. Es war Heikki.«

Verrat

Artur Kekkonen blättert in der Akte. *Sprengsatz selbst gebaut,* liest er. *Ein elektronischer Zünder. Handelsüblicher Kunstdünger.* Er wartet auf den genauen Bericht der Spurensicherung aus Helsinki. Doch er bezweifelt, dass es brauchbare Spuren gibt. Hoffentlich finden die Kollegen wenigstens Fingerabdrücke. Dem Bericht der Ermittler vor Ort entnimmt er, dass der Lastwagen blau war. Den Fahrer hat die Explosion zerrissen, man konnte aber rekonstruieren, dass er vorher an seinen Sitz gefesselt war, die Hände mit Klebeband am Lenkrad fixiert. Die Sprache des Berichts ist nüchtern, doch Artur sieht einen toten blonden Jungen vor sich, den er mochte.

Wie passt Heikki da hinein? Kekkonen schaut aus dem Fenster. Der See liegt ruhig da. Am Ufer ist niemand.

Wie ist Heikki nach Helsinki gekommen? Hat Clara ihn dazu überredet? Oder haben sie ihn verschleppt und dann gezwungen, den Wagen zu fahren? Heikki hat nicht freiwillig mitgemacht, so viel ist klar. Die haben ihn einfach benutzt – und seinen Tod nicht nur in Kauf genommen, sondern gewollt. Ein Menschenleben. Einfach so.

Kekkonen schaut hoch. Bei manchen Gewalttaten stößt er an diese Grenze: das völlige Fehlen von mitmenschlichen Empfindungen. Ist das nur bei einigen Psychopathen so oder ist es der Fanatismus, der verroht und vor gar nichts haltmacht? Er hatte wissen wollen, was in Joonas' Kopf vorgeht ... Wie viele Facetten hat Terror?, fragt er sich. Und er sinniert über den Unterschied zu islamistischem Terror. Die binden sich freiwillig die Bomben um den Bauch. Hier haben sie Heikki an die Bombe gebunden.

Hoffentlich wusste er nichts von ihrem Plan. Oder sie haben es ihm extra gesagt und er musste Todesängste ausstehen.

Kekkonen sieht immer noch den ruhigen Heikki vor sich, wie er Steine übers Wasser hüpfen lässt.

In Kekkonens Gedanken baut sich langsam eine Theorie auf. Aber die wird ihm niemand glauben, wenn er sie nicht beweisen kann.

Nur mit Claras Hilfe könnte das möglich sein. Clara würde den Lastwagen vom Johanson-Hof beschreiben können. Sie hat ihn oft erwähnt, aber auf den Fotos ist er nicht oder nicht mehr zu sehen. Und vor allem: Wenn Clara Heikki zu Joonas geschickt haben sollte, dann könnte das die Verbindung zwischen Joonas und dem Sprengstoffanschlag beweisen. Aber falls es überhaupt so war – was sollte Clara dazu bewegen, eine solche Aussage zu machen? Warum sollte sie der Polizei helfen, Joonas dranzukriegen?

Wie er die Sache auch dreht und wendet, ihm fehlt die eindeutige Verbindung. Ohne Clara kommt er nicht weiter. Als Erstes muss er ihr sagen, was mit Heikki passiert ist ...

Kekkonen seufzt. Wie oft hat er früher solche Nachrichten überbracht? Kripo-Routine. Aber heute – das ist etwas anderes. Erst das mit Seita, jetzt das mit Heikki. Er kann sich nicht vorstellen, dass Clara wieder reagiert, als wäre sie aus Stein. Und er möchte nicht, dass sie zusammenbricht. Aber wie sagt man so etwas schonend?

Tampere, Finnland – Mittwoch, 2. Juli – 11:50 Uhr
»Clara, ich muss mit dir sprechen«, sagt Kekkonen leise, aber bestimmt.

Clara hockt auf ihrem Bett und sieht ihn abweisend an. »Ich aber nicht mit Ihnen«, sagt sie. Sie hat genug von alldem hier, sie will nicht mehr. Warum meldet sich Joonas nicht? Warum kommt er nicht und holt sie hier raus? Fast eine Woche ist es her, dass sie Heikki zu ihm geschickt hat. Joonas wird kommen, ganz bestimmt.

»Ich habe dir ein paar Zeitungen mitgebracht«, sagt Kekkonen. »Der Brand in Suonenjoki ist *das* Thema in der Presse. Sieh selbst.«

Er gibt ihr eine Zeitung. Es ist eine deutsche Zeitung mit einem großen Foto von Clara, schwarz-weiß und grobkörnig. In fetten Buchstaben steht darunter:

Ist sie, Clara S. (17), eine kaltblütige Brandstifterin?

Auf dem Bild sieht sie furchtbar aus, richtig weggetreten. Der Kajal unter ihren Augen ist verschmiert. Das Foto ist mindestens zwei Jahre alt, aufgenommen auf irgendeiner Party. Da hat sich die Zeitung wohl Mühe gemacht, etwas aufzutreiben. Der Artikel ist von Lutz Wagner. Na klar, denkt Clara, der konnte mich noch nie leiden.

»Ich mache mir Sorgen, Clara«, beginnt Kekkonen. »Ich weiß, du hast deinen Bericht präzise geschrieben. Du warst sehr ausführlich. Aber vielleicht hast du das ein oder andere ... ausgelassen?«

»Mehr war da nicht«, sagt Clara und beißt sich auf die Lippen. Hat sie die letzten Seiten rechtzeitig löschen können?

»Clara, es ist etwas passiert. Heikki ist nicht wiedergekommen ...«

»Sie wissen doch, dass Heikki nichts lieber tut, als mit dem Auto durch die Gegend zu fahren. Wahrscheinlich tut er jetzt genau das.«

»Nein, Clara, so ist es nicht.«

Kekkonen macht eine Pause. Bevor er weitersprechen kann, wird die Zimmertür aufgerissen.

Inspektor Grenberg kommt herein, außer Atem, als sei er gerannt. »Schaltet den Fernseher an, schnell!«, sagt Grenberg.

Es laufen die Mittagsnachrichten. Gerade scheint ein Bericht über einen Sprengstoffanschlag gelaufen zu sein. Clara versteht kein Wort, aber das muss sie auch nicht. Was sie sieht, lässt ihr das Herz bis zum Hals schlagen. Sie kann es nicht fassen.

Eine kurze Filmsequenz auf einem Flughafen: Joonas verlässt neben seiner Mutter Hanna Turunen, der Name ist eingeblendet, ein Flugzeug. Beide lächeln in die Kamera. Galant hält er den Arm seiner Mutter, steigt mit ihr gemeinsam die Stufen hinunter.

Schnitt. Mikrofongeräusche, Geraschel, Blitzlichter, eine verwackelte Kamerafahrt. Ein Mann tritt an das Mikrofon. Hinter ihm erkennt Clara Lutz Wagner.

»Antti Lehtinen?«, fragt Kekkonen verwundert. »Was tut der da? Und was macht Lutz Wagner bei denen? Ist der wieder mal übergelaufen?«

»Psst«, macht Grenberg. »Hör zu!«

Kekkonen sagt schnell zu Clara: »Ich übersetze es gleich für dich.«

Für einen Augenblick nimmt Clara nichts wahr, nur die Stimme des Mannes am Mikrofon.

Dann hört sie Artur Kekkonen zu, der für sie übersetzt, was Antti Lehtinen sagt:

»Heute im Laufe des Vormittages wurden wir mit Ereignissen konfrontiert, die ich nicht kommentieren werde. Es gab Gerüchte um den Sohn unserer geschätzten Ministerin Hanna Turunen. Man unterstellte ihm Sympathien für die Neonazi-Szene. Dann brachte man ihn auch noch in Zusammenhang mit einem Brand in Suonenjoki.«

Antti Lehtinen macht eine effektvolle Pause und schaut in die Runde der Journalisten. Die Blitzlichter der Kameras hören nicht auf und Mikrofone recken sich ihm entgegen.

»Was ist passiert? In der Nacht zum 19. Juni nahmen Polizeikräfte in Suonenjoki die minderjährige Deutsche Clara S. auf frischer Tat fest. Sie wird der Brandstiftung beschuldigt. Die Eigentümerin des Hauses wurde vom Feuer im Schlaf überrascht und lebensgefährlich verletzt. Die behandelnden Ärzte konnten nicht verhindern, dass sie gestern Abend ihren schweren Brandverletzungen erlegen ist. Der Sachschaden ist ebenfalls beträchtlich. Zu den Einzelheiten der Anschuldigung wird es an dieser Stelle keine Ausführungen meinerseits oder von Seiten des Ministeriums geben. Wir werden den Ermittlungen nicht vorgreifen. Clara S. ist eine Ausreißerin. Sie wurde von ihrer Mutter schon im April als vermisst gemeldet. Sie reiste unter anderem mit Joonas Turunen, dem Sohn von Hanna Turunen. Das soll hier gar nicht abgestritten werden. Aber nachdem ihm die Gesinnung der Clara S. klar wurde, hat Joonas Turunen alle Verbindungen zu ihr abgebrochen.

Clara S. kann nach ersten Erkenntnissen dem sympathisierenden Umfeld der deutschen Neonazi-Szene zugerechnet werden. Ihr Vater ist Immobilienmakler und tätigt Geschäfte mit einschlägig bekannten Personen aus dem rechtsextremistischen Umfeld. Inwieweit ein terroristischer Hintergrund eine Rolle spielt, ist zurzeit Gegenstand der Ermittlungen. Auf jeden Fall führt die Spur nach Deutschland. Ich sage das unter allem Vorbehalt und mit größter Vorsicht unter Abwägung aller uns zurzeit zur Verfügung stehenden Informationen, aber ich sichere ihnen rückhaltlose, schonungslose Aufklärung zu.«

Clara kann es nicht fassen. Joonas steht neben seiner Mutter Hanna auf einem Flughafen bei einem Pressetermin und lächelt in die Kamera.

Kekkonen übersetzt, obwohl schon die Bilder für sich sprechen: Die Vorwürfe gegen Joonas Turunen sind angeblich völlig aus der Luft gegriffen und haltlos. Alles wendet sich in diesem Augenblick gegen Clara. Sie ist eine Terroristin. Sie ist der Neonazi.

Entsetzt sieht sie Artur an und hat nur die eine Frage: »Glauben Sie das?«

»Was ich glaube, ist egal. Ich habe keine Beweise. Und vom Gegenteil hast du mich bisher auch nicht überzeugen können.« Clara begreift gar nichts mehr. Sie friert und die Kälte kommt von innen.

»Er hat dich ein zweites Mal im Stich gelassen, Clara. Und dieses Mal endgültig.«

Plötzlich platzt es aus ihr heraus: »Das stimmt doch alles nicht! Das ist gelogen!«

Und mit einem Mal kommt alles hoch. Die schreckliche Nacht. Seita auf der Krankentrage. Harald mit dem Gewehr, die Kanister, Joonas im Boot, Hanno mit dem Feuerzeug. Der furchtbare Knall ...

»Die haben mich immer weggeschickt. *Die* haben sich das ausgedacht. *Die* haben das getan!«

»Wer sind ›die‹?«

»Die Typen auf dem Hof. Harald und Hanno und ...«

»Und wer? Clara, wer hat das Feuer gelegt?«

»Hanno hat das Feuerzeug in der Hand gehabt ... Er hat den Brand gelegt! Nicht ich!« Clara schreit es fast. »Sie haben vorher die Kanister geleert. Harald und Hanno. Joonas hat nur das Boot gesteuert.« Das flüstert sie hinterher. Dann sackt sie in sich zusammen.

»Ich glaube dir, Clara«, sagt Kekkonen mit weicher Stimme. »Beruhige dich. Alles der Reihe nach. Von dem Feuer erzählst du mir morgen weiter, einverstanden? Aber sag mir noch, was mit Heikki war. Wohin ist er so plötzlich verschwunden?«

»Heikki ...«, murmelt Clara. »Er wollte nach Turku, um

Joonas zu treffen. Für mich. Ich hatte keine Handynummer. Das Einzige, was ich hatte, war eine Kontaktadresse in Turku. Eine Spedition. Die Adresse hatte ich Heikki gegeben ...«

Clara sucht die Adresse aus ihrem Notizbuch und gibt sie Artur. Ihre Hände zittern. Wie kann Joonas ihr das antun? Einfach alles umdrehen, sie ungerührt ans Messer liefern?

»Hat Joonas mal gesagt, dass er ein Zeichen setzen will oder etwas in der Art? Was ist ›die große Aktion‹? Hat er damit einen Anschlag gemeint? Clara, denk nach!«

»Er hatte etwas vor, das weiß ich. Er wollte zeigen, dass seine Strategie die bessere ist. Nicht die von dem Brillenmann. ›Wer Neues schaffen will, muss Altes zerstören.‹ Das hat Joonas immer wieder gesagt. Und auch: ›Wer erziehen will, muss bestrafen können!‹ Und ...«

Sie ist so müde. Und aufgeregt. Sie klaubt ihre Gedanken zusammen.

»Der blaue Lastwagen. Vielleicht müssen Sie danach suchen. Auf Haralds Hof gab es einen blauen Lastwagen. Ich habe gesehen, wie sie ihn mit Säcken und Kisten beladen haben. Auf den Fotos von der Brandstelle und von Haralds Hof, die Sie mir gegeben haben, war der Lastwagen dann weg.« Ihre Stimme wird wieder kraftlos.

»Wir haben den Wagen gefunden, denke ich ...«, sagt Kekkonen.

Clara hört nicht zu. In ihrem Kopf schwirren Bilder herum, wie böse Kobolde bedrängen die sie.

»Es war ein alter blauer Wagen«, stößt sie hervor. »Es war so ein Modell, das hinten mit Planen verschlossen werden kann, meist war er offen. Die Planen waren auch blau.«

»Clara, beruhige dich. Du zitterst ja am ganzen Körper. Ich sage Siw Korpi Bescheid, die bleibt bei dir, bis deine Mutter hier ist. Du solltest jetzt nicht allein sein.«

Als Kekkonen den Raum verlassen hat, will Clara einfach nur warten, bis er zurückkommt. Sie starrt aus dem Fenster. Doch plötzlich springt sie hoch, holt ihren Laptop, klappt ihn auf und schreibt. Sie schreibt alles auf, was ihr einfällt. Sie will sich klar werden, die Wahrheit beim Namen nennen, die sie bisher nicht sehen wollte.

Nicht ich bin ein Verräter. Joonas ist ein Verräter. Er hat mich verraten. Er und seine Leute sind Mörder. Sie wollten Seita umbringen. Ein Menschenleben zählt für sie nicht. Das tut Joonas nur, weil er sich für was Besseres hält. Für einen Übermenschen. Weil seine Mutter Ministerin ist, meint er, alles tun zu können ohne Konsequenzen. Ich werde gegen ihn aussagen. Die Brandstiftung von Seitas Haus war genau geplant. Ich habe doch selbst gesehen, wie sie die Kanister vollgetankt haben. Und dabei haben sie mich angegrinst. Sie meinen, jeder, der nicht in ihr Schema passt, ist im Weg und kann sterben. Wer ist als Nächstes dran? Ich habe Angst um den Journalisten, der Hans oder Hannes heißt. Für die ist er der Inbegriff der verhassten »Lügenpresse«. Aber seinen Nachnamen weiß ich nicht.

Clara schaut sich hilfesuchend um. Siw lächelt ihr zu. Das tut jetzt gut. Ihre Gedanken hören langsam auf zu springen.
»Versuch, dich auszuruhen«, sagt Siw. »Ich bin hier.«
Clara speichert das Ganze und geht zu ihrem Bett. Sie ist jetzt ruhiger geworden. Allmählich kommt Licht in dieses ganze Lügengebäude. Aber es tut so weh.

»Wir haben endlich etwas gegen die Bande in der Hand«, sagt Artur Kekkonen. »Sie haben Fehler gemacht.«

Seppo Grenberg setzt sich. »Und wir haben Glück gehabt. Wenn es dir nicht gelungen wäre, die Asylantenunterkünfte bewachen zu lassen, hätte es viel mehr Tote gegeben. Die Explosion war gewaltig. Im Wagen muss reichlich Sprengstoff gewesen sein.«

»Ja. Sie konnten den Wagen nicht direkt vor dem Wohnblock mit den Asylbewerbern abstellen, weil alles abgeriegelt war. Meine Güte, Seppo, die haben den Jungen mitsamt Lkw in die Luft gejagt! Wer sich so was ausdenkt, muss doch aus dem Verkehr gezogen werden – egal, wessen Sohn er ist.«

»Meinst du, dass noch mehr passiert?«, fragt Grenberg. »Vielleicht ist der Junge frustriert, weil seine ›große Aktion‹ nicht geklappt hat?«

»Er ist jetzt bei seiner Mutter«, antwortet Kekkonen. »Die wird alles tun, um ihn in ein gutes Licht zu rücken und aus der Schusslinie zu bringen. Ich glaube, wir können erst mal Entwarnung geben.«

Grenberg greift zum Telefon, ein Anruf aus der Zentrale kommt herein.

»Einen Augenblick bitte ...« Grenberg macht ein verdutztes Gesicht.

»Das glaubst du nicht, Artur. Da ist Joonas Turunen in der Leitung und möchte Clara sprechen. Was sollen wir tun?«

Kekkonen überlegt blitzschnell. »Siw soll Clara das Telefon bringen! Aber leg den Anruf auch auf unsern Apparat!«

Tampere, Finnland – Mittwoch, 2. Juli – 15 Uhr

Es klopft und dieses Klopfen passt nicht in Claras Traum. Dass sie überhaupt geschlafen hat, ist schon ein Wunder. Die Polizistin hat bei ihr gesessen, bis Clara eingeschlafen war. Jetzt ist sie allein.

»Kommen Sie herein«, sagt sie matt.

Sie erwartet, dass Artur Kekkonen ihr wieder Fragen stellen will. Doch Siw Korpi betritt das Zimmer.

»Ein Anruf für dich«, sagt sie und hält Clara ein Telefon hin.

»Meine Mutter?« Clara ist plötzlich hellwach.

Ach, Mama, lass mich nicht allein, denkt sie. Wie sehr sehnt sie sich jetzt nach zu Hause.

»Nein«, sagt die Polizistin nur.

Clara nimmt das Telefon. »Hallo?«, sagt sie zaghaft.

»Hier ist Joonas.«

Fast fällt ihr das Telefon aus der Hand. Joonas!

»Was soll das?« Mehr bringt sie nicht heraus.

»Schon vergessen? Wir hatten eine schöne Zeit, oder?«

Das kann doch alles nicht wahr sein!, denkt Clara.

»Ich habe dich im Fernsehen gesehen. Du mit deiner Mutter auf dem Flughafen. Joonas, was machst du mit mir? Was hast du mit Heikki gemacht?«

»Ich weiß leider nicht, wen du meinst. Ist das der Junge, der sich selbst in die Luft gejagt hat wie ein Islamist? Egal, er ist Vergangenheit. Aber du und ich, wir beide ...«

»Es gibt kein Wir, Joonas!«

»Meine Mutter will mir zwar den Umgang mit dir verbieten, aber warte ein paar Tage, dann werde ich dich besuchen. Ich bin anders als meine Mutter. Mir macht es nichts aus, was du getan hast ...«

Clara tut so, als hätte sie das nicht gehört.

»Nicht ich habe dich verraten, Joonas. Falls du das meinst. Du hast *mich* verraten. ›Die *Neue Finnische Armee* lässt niemanden im Stich‹, hast du gesagt. Aber das war alles Lüge! Welche Lügen denkt ihr euch denn jetzt noch aus?«

»Keine Lügen. Im Gegenteil. Die Wahrheit. Ich rufe an, weil ich dir sagen will, dass ich dich immer noch liebe, auch wenn du – wie die Zeitungen schreiben – das Feuer auf Suonenjoki gelegt haben solltest.«

Carla ist wie vom Blitz getroffen. Sie schweigt, als würde sie nie wieder sprechen wollen. Dann schreit sie ins Telefon: »Du bist irre, Joonas! Verschwinde aus meinem Leben! Es ist Schluss! Schluss!«

»Du täuschst dich, Clara, es beginnt gerade erst«, sagt Joonas und legt auf.

Tampere, Finnland – Mittwoch, 2. Juli – 15:05 Uhr

Clara zittert. Sie muss zu Kekkonen. Sie muss ihm sagen, dass Joonas gesagt hat: »Es beginnt gerade erst.«

Sie starrt aus dem Fenster, sitzt reglos am Tisch. Fühlt sich wie gelähmt. Die Fernsehbilder gehen ihr nicht aus dem Kopf. Das Telefonat mit Joonas hat ihr den Rest gegeben. Er hat nicht zu ihr gesprochen, sondern zu den mithörenden Polizisten. Wie hat sie sich so in ihm täuschen können?

Alles ist kaputt, liegt in Trümmern, ihr ganzes Leben. Sie war für Joonas nur nützliches Beiwerk. Der Gedanke macht sie so wütend. Nein, er zerreißt sie. Er hat sie nie wirklich ernst genommen. Hat sie nie wirklich nah kommen lassen. Und jetzt stellt er sie als Rechte, als Neonazi hin, will ihr sogar den Anschlag auf Seita in die Schuhe schieben, um seine eigene Haut zu retten! Was ist, wenn die Polizei nicht ihr glauben wird, sondern ihm?

Artur Kekkonen kommt leise herein. »Wie geht es dir, Clara?«

»Nicht gut«, sagt sie matt. »Ich war so dumm ...«

»Mach dir keine Vorwürfe. Man kann in keinem Menschen bis auf den Grund schauen. Du brauchst auch keine Angst zu haben, dass man dir die Schuld an dem Brand anhängt. Wir werden die Bande zu fassen bekommen, die Ermittlungen gehen weiter, das verspreche ich dir.«

Clara nickt.

»Alles war wie ein böser Traum. Ich möchte, dass der endlich vorbei ist«, murmelt sie.

»Du musst allerdings noch ein paar Tage hierbleiben, deine Zeugenaussage ist uns sehr wichtig.«

Die Vorstellung, gegen Joonas und seine *Neue Finnische Armee* auszusagen, macht Clara doch noch Angst. Das sagt sie.

»Keine Sorge«, sagt Kekkonen, »wir passen gut auf dich auf. Versprochen.«

»Da ist noch etwas«, sagt Clara. Sie klappt ihren Laptop auf und zeigt ihm die Sätze, die sie zuletzt geschrieben hat.

Kaum hat Kekkonen sie gelesen, da verlässt er hastig das Zimmer.

Kurz darauf kommt er zurück. »Der Journalist. Du weißt wirklich nicht seinen Nachnamen?«

»Nein«, sagt Clara, »ich kann mir die finnischen Namen nicht gut merken. Werden Sie ihn ausfindig machen und ihn beschützen?«

»Wir tun, was wir können«, sagt Kekkonen. Dann geht er hinaus.

Tampere, Finnland – Mittwoch, 2. Juli – 20:10 Uhr
Clara drückt ganz fest die Hand ihrer Mutter. Sie haben zu zweit einen langen Spaziergang gemacht, Clara hat geredet und geredet. Mama hat ihr keine Vorwürfe gemacht, hat einfach zugehört. Darüber ist Clara froh.

Dann hat der Kommissar ihr gesagt, dass Heikki nicht mehr lebt. Das war so furchtbar! Sie konnte gar nicht aufhören zu weinen.

»Gut, dass du bei mir bist, Mama«, sagt Clara.

Ihre Mutter nimmt sie in den Arm. »Du bist sehr tapfer, Clara«, sagt sie leise.

Clara schließt die Augen. »Wenn ich jetzt an Joonas denke, ist er mir so fremd. Ein völlig anderer Mensch. Wie konnte ich das alles nicht bemerken?«

Ihre Mutter lächelt schweigend.

»Mama, ich muss immerzu an Heikki und an Seita denken. Und an den Tag, als Joonas im Stadtpark den Jungen verprügelt hat. Erinnerst du dich? Damals habe ich zum ersten Mal die Tätowierung auf Joonas' Arm gesehen: F.E.A.R.«

»Das passt zu ihm ...«, meint ihre Mutter.

»Ja«, sagt Clara, »Angst, Furcht und Schrecken hat er wirklich um sich verbreitet ...«

»Kennst du die Abkürzung ›FEAR‹ der Anonymen Alkoholiker?«, fragt ihre Mutter. »Das bedeutet: Fuck Everything And Run.«

»Gefällt mir«, meint Clara. »So fühle ich mich gerade.«

Sie lacht rau auf.

»Du solltest jetzt an etwas anderes denken«, sagt ihre Mutter. »Dich einfach ein bisschen ablenken. Der Tag war sehr anstrengend für dich.« Sie schaltet den Fernseher ein.

Ach, Mama, wenn das so einfach wäre, denkt Clara.

Im Fernsehen läuft ein Film. Finnisch mit englischen Untertiteln. Clara schaut hin, nimmt aber fast nichts wahr, lässt die Bilder einfach vorbeiflimmern.

Artur Kekkonen kommt herein. Er schaltet den Fernseher auf ein anderes Programm um. Sein Gesicht ist sehr ernst.

»Sie müssen es sehen, auch du, Clara. Es läuft auf fast allen Kanälen.«

Kekkonen übersetzt, was der Nachrichtensprecher sagt: »Von dem mysteriösen Attentäter, der Angst und Schrecken in Helsinki verbreitet, fehlt weiterhin jede Spur. Der mit einer *Kalaschnikow* bewaffnete Täter drang heute Nachmittag um drei Uhr in das Redaktionsgebäude einer der bekanntesten finnischen Zeitungen ein und feuerte mehrmals auf den Journalisten Hannes Pajula, der gerade das Gebäude verlassen wollte. Das 32 Jahre alte Opfer wurde in Brust und Bauch getroffen. Danach drehte sich der Täter um und schoss auf den – wahrscheinlich zufällig vorbeikommenden – Lutz Wagner, einen zweiten Journalisten. Beide kamen schwer verletzt in ein Krankenhaus und starben kurz darauf. Das Motiv für die Taten war zunächst nicht bekannt. Der Todesschütze konnte entkommen. Der circa 20 Jahre alte Täter wurde als ›nordeuropäischer Typ‹ beschrieben.

Wie es trotz der erst kürzlich eingeleiteten Schutzmaßnahmen für Pressegebäude zu dieser Bluttat kommen konnte, ist zurzeit noch unklar. Die Polizei verstärkte die Zahl der Sicherheitskräfte. Der Innenminister zeigte sich bestürzt. Gegenüber Pressevertretern sagte er: ›In einem demokratischen Land muss die Presse frei arbeiten können, ohne rund um die Uhr bewacht zu werden.‹

Ein bei der Nachrichtenagentur STT eingegangenes Bekennerschreiben kann bisher nicht eindeutig zugeordnet werden. Es ist unterzeichnet mit *Neue Finnische Armee*. Die Gruppierung sei bisher nicht in Erscheinung getreten, verlautete aus dem Innenministerium. Die Polizei setzt unterdessen mit einem Großaufgebot die Suche nach dem Einzeltäter oder den Tätern fort.«

»Hannes Pajula und Lutz Wagner ...«, murmelt Clara. »Und die *Neue Finnische Armee*.«

»Ja«, meint Kekkonen, »wir hatten ihn und zwei andere, die Hans oder Hannes hießen, gerade ausfindig gemacht, aber keine Zeit mehr, sie zu warnen oder gar zu schützen.«

»Wie lange geht das so weiter?«, fragt Carla.

Kekkonen seufzt. »Wir werden sie finden, diese *Neue Finnische Armee*.« Er presst die Worte zwischen seinen Lippen hervor, denn gleichzeitig denkt er an das, was Lutz Wagner gesagt hat:

Selbst ein Einzeltäter handelt nicht allein. Es scheint nur so, weil er wie eine Marionette an unsichtbaren Fäden geführt wird. Im Augenblick der Tat werden diese Fäden gekappt. Die Strippenzieher verschwinden in einem verschleiernden Nebel und von den Fäden findet man bestenfalls nur noch lose Enden.

Die Autorin Elisabeth Zöller ist eine der renommiertesten Kinder- und Jugendbuchautorinnen Deutschlands. Ihr Roman *Schwarzer, Wolf, Skin* (unter dem Pseudonym Marie Hagemann 1993 bei Thienemann erschienen) erregte großes Aufsehen und gilt immer noch als das Buch zum Thema. Für *Anna rennt* erhielt sie den Katholischen Jugendbuchpreis, für *Anton oder die Zeit des unwerten Lebens* den Gustav-Heinemann-Friedenspreis. Im Hanser Kinderbuch erschienen bereits die Romane *Wir tanzen nicht nach Führers Pfeife* (2012), *Das Monophon* (2013) und *Der Krieg ist ein Menschenfresser* (2014).

www.elisabeth-zoeller.de

1 2 3 4 5   19 18 17 16 15

ISBN 978-3-446-24937-0   Alle Rechte vorbehalten
© Carl Hanser Verlag München 2015
Umschlag: Manja Hellpap, Berlin © Ed Darack / Science Faction / Corbis
Gestaltung und Satz: Manja Hellpap, Berlin
Gesetzt aus »DasDeck« (www.typecuts.com) und »Swift«
Druck und Bindung: GGP Media GmbH, Pößneck
Printed in Germany

MIX
Papier aus verantwor-
tungsvollen Quellen
FSC
www.fsc.org   FSC® C014496

»Spannend, berührend und unbedingt lesenswert.«

Isabelle Erler / Marianne Wellershoff, Kultur Spiegel

1943, in den Trümmern Kölns: Der 17-jährige Paul ist in den Augen der National-sozialisten Halbjude. Als er in ein Lager gebracht werden soll, taucht er in der zer-bombten Stadt unter. Auf seiner Flucht lernt er Franzi, deren Bruder und einige andere Jungen kennen, die mit der HJ nichts zu tun haben wollen. Sie treffen sich am alten Bunker, rauchen und erzählen sich Naziwitze. Manchmal verteilen sie auch Flugblätter oder planen Sabotageakte. Als einer von ihnen bei einem Überfall erschossen wird, nimmt ihr Leben eine dramatische Wende: Sie geraten ins Visier der Gestapo. Ein spannendes Jugendbuch über den Widerstand im National-sozialismus.

»Ihre Geschichte der Kölner Edelweißpiraten ist spannend von der ersten bis zur letzten Zeile. [...] Nicht zuletzt, weil fast alles mit realen Ereignissen übereinstimmt, überzeugt und fasziniert dieses Jugendbuch und könnte generationsübergreifend für Diskussionen sorgen.« *Maria Frisé, Frankfurter Allgemeine Zeitung*

Elisabeth Zöller
Wir tanzen nicht nach Führers Pfeife
352 Seiten. Gebunden
Auch als **ⓔ**-Book lieferbar

»Ihre fiktive Geschichte ist genau in der Zeit verankert.«

Cornelia Geissler, Berliner Zeitung

Leipzig im August 1914: Es herrscht Volksfeststimmung. Der Krieg hat begonnen! Ferdinand und August fahren an die Front, Richtung Frankreich, im Gepäck einen Fotoapparat und eine braune Ledertasche. Berlin im März 1918: Sophie macht sich auf den Weg zu ihrem Jugendfreund Max. Doch der ist kaum wiederzuerkennen. Kriegsverrückt, sagen die Ärzte. Außerdem soll er Beweismittel unterschlagen haben. Irgendein Vorfall an der Front. Es droht das Kriegsgericht. Alles scheint sich um eine braune Ledertasche zu drehen ...

Elisabeth Zöller erzählt in ihrem Jugendbuch von jungen Menschen, deren Lebenspläne von einer der größten Katastrophen unserer Geschichte durchkreuzt wurden: dem Ersten Weltkrieg.

»Akribische Recherche und meisterliches sprachliches Können vermitteln hier eine einzigartige menschliche Perspektive auf den unmenschlichen Krieg. Dieses Buch wirkt lange nach.« *Dorle Neumann, Westfälische Nachrichten*

Von der Stiftung Buchkunst als eines der »schönsten Bücher 2014« ausgezeichnet

Elisabeth Zöller
Der Krieg ist ein Menschenfresser
288 Seiten. Gebunden
Auch als **ⓔ**-Book lieferbar